エンジニアの突破力

実務の最前線で重大局面を打開に導く極意

鷹騒加州雄

幻冬舎ルネッサンス新書
266

前書き　目立たずとも懸命に頑張る若い社会人達に贈る

若者が進学を志すに当たり、先ず最初に選択を迫られるのが理系か文系かである。
これが日本の企業、中でも製造業に就職する際には、技術系か事務系に分かれる。
当然エンジニアは技術系であるが、これもかつては機械系か電気系に分類された。
この両者が協力して、製品のハードウェアの設計開発を担うことが普通であった。
最近ではこれに情報系が追加され、ＯＳやアプリのソフトウェア開発を担当する。
自分の若い頃はまだこの区分が曖昧で、エンジニアとして選択肢は実に広かった。
そんな中で私は大学での専攻から、主に機械系教育を受けたエンジニアであった。

私は一介のエンジニアである。先進工業国の日本では、エンジニアも多種多様だ。
地方の自動車部品メーカーにて、長年車載ナビゲーションの設計開発に携わった。
20世紀から21世紀に切り替わる正にその期間、車載ナビ製品の草創期を経験した。

車両内の様々な電子機器において、当時のナビ製品は次元の異なる製品であった。先ず処理性能が段違いのCPU、各種電子部品が高密度実装されたナビ回路基板、車載仕様の地図データ用DVDデッキ、ノートPCにも使用される大容量HDD、ナビ製品には必要不可欠とも言える微弱高周波を処理するGPS受信回路に加え、ナビゲーションを行う上で、方位を算出する高感度の振動ジャイロセンサー等々、これら全てを一体で内蔵し、車載環境で品質を確保しながら製品化するのである。特に電磁ノイズ出し放題の高性能デジタル回路との共生を余儀なくされてしまったGPS受信回路の性能確保には、理屈では言い尽くせないノウハウが要求された。

またナビ製品はソフトウェアも大規模だ。車載では初めてのリアルタイムOSを実装、ナビ機能を中心に推測航法など各種常駐アプリが、タイムシェアリングで処理される。恐らく今話題の自動運転にも繋がっていく、車両統合ソフトウェア??の先駆けだろう。

当然その車載ナビ製品を設計開発するには、様々な分野のエンジニア達が必要となる。中でも私が経験したのは機構設計だ。その上さらに板金ケース関係を得意としていた。期待を裏切る様だが、今時流行りのAIソフトや○○ナノ半導体は対象としていない。

前書き　目立たずとも懸命に頑張る若い社会人達に贈る

若い人は流行に敏感だ。最先端の分野から眺めれば、鼻で笑うかの内容かも知れない。
だが実際の設計現場では、機構屋が居なければ製品を成り立たせる事は絶対出来ない。

機械系エンジニアの仕事なんて、どうせ下積みの地味な話だと思われるかも知れない。
感動が迸るスポーツの世界や、架空のエンターテイメントとは比べるまでもなかろう。
だが書き上げる過程で感じたのだが、エンジニアの活動とは正に知的スポーツである。
ここまでドラマティックなエンジニア人生を歩んだのかと自覚し、今更ながら驚いた。
そして断言するに至った。製品設計において真にクリエイティブなのは機構屋なのだ！

これは一般ユーザーが全く目にする機会も無い、製品を設計する機構屋のお話である。
そして私のエンジニア人生の中で、特に思い出深いエピソードを題材に綴ったものだ。
正に設計現場の最前線において機構屋が如何程のものか、本書にて実感いただきたい。
その上で日本の機械系エンジニアの価値が、僅かでも見直されれば誠に幸いと感じる。

ストーリー全体の主要部分は、エンジニアである私による独白という形式で記述した。
私はエンジニアとして大活躍をしているが、主人公であるが故にご容認いただきたい。

王道フィクションとして楽しく読んでもらう為には、必要な措置と考えた次第である。現実には有り得ない程の敵役まで登場して来るが、これも話を面白くする工夫である。

個別の技術的内容は、断片的でもあり一般読者の方々が理解しなくとも良いであろう。ただ危機的な状況でのエンジニアの心の動きを感じてもらえれば、それで充分である。時に、不誠実に憤り、疑心暗鬼に陥り、義憤を押さえ切れず、義侠心に駆られ、浪花節に絆され、義理人情に涙し、親分子分道に走り、虚栄心に囚われながらも、何とか自尊心を保っているエンジニアの生の姿に関し、皆さんに御賞味いただきたい。基本的に成功体験が題材であるから、多分に説教臭いと感じられたらお許し願いたい。普段周囲に理解されない機構屋が、本音を語り相手に共感を求めている筋立てなのだ。そのエンジニアの心が仲間に通じたが故に、成功に至ったサクセスストーリーである。そして本気の想いが通じた瞬間こそを、自身の感動として皆さんにお伝えしたいのだ。

大体この物語はエンジニアのお話であるから、万人に理解は得られないやも知れない。その手に取ってくれるのも、エンジニアなる人種に興味を抱く読者に限られるだろう。だから願わくは読者自身が、主人公の私に成り代わった気持ちで読んでいただきたい。

各局面での情景を想い浮かべながら、その場に立ち会っているつもりで臨んで欲しい。さすれば各盤面での、私の憤りや焦燥感までも疑似体験できるのでは無いだろうか？・・その上でエンジニアとしての様々な感動を、仮想的に味わってもらえれば幸いである。故に読者の皆さんには、決して主人公の私を第三者的に俯瞰することをお勧めしない。もし劇場の観客になってしまったら、本書で伝えんとする感動は半減することだろう。

皆さんの中には、時には主人公の私の判断や行動に疑問を抱く場面に出くわすだろう。別の行動を選択し、皆さん自身でその結果を想像されるのも、面白いのかも知れない。本書での判断は、飽く迄も私というエンジニアにとり最適な選択肢であったのだから…そして皆さんが選択した別ルートで、果たして攻略への道筋が見出せるであろうか？・・本編の筋立てと比べて、真に美しい達成感が得られるのだろうか？思い描いて欲しい。そうすることでエンジニアに限らず、様々な仕事上の課題で悩める読者の心の内にも、何がしか選択肢のヒント、決断の勇気、行動への気迫が生まれるのではなかろうか？・・特にエンジニアを志す若者にとり、将来参考になり得る事柄が有れば言うことは無い。これを見習えと言うつもりは皆無だ。反面教師にして欲しい。斜め前ならもっと良い。目立たずとも懸命に頑張る若い社会人にとり、僅かでも参考になれば誠に幸いである。

本書は、マスプロ製品を設計開発する現場で、実際に体験した出来事がベースである。特に品質を重視する自動車部品業界で、日常的に起こり得るお話をピックアップした。恐らくは関連業界の方々には、ありそうな話として共感を得られるのではと期待する。専門的な部分に関しても、厳密性よりその考え方に重きを置いて解説した次第である。エンジニアとして、私の直感的な解釈により、必要最小限のシンプルな説明に努めた。専門書の厳密な解説からは外れているが、本質の理解を優先して何卒ご勘弁願いたい。なお文面の其処彼処で、不遜な表現や不穏当な発言があることもご容赦いただきたい。図面も読めず設計の本質も理解出来ない上司達に対する、主人公の不満の発露である。

内容に関しては、飽く迄も私の様々な経験を題材として創作したフィクションである。私もペンネームであるし、登場する人物や会社も全て架空であると心得てもらいたい。個々のエピソードに関し心当たりのある方々が居られても、素知らぬふりを願いたい。実在の方々には関係無く、一人のエンジニアの主観による物語として楽しんで欲しい。

なお文章が拙いのも何卒ご容赦いただきたい。表現も貧困だし、文体も奇異であろう。何せ私は物書きなどでは無く、エンジニアだったのだ。文章を書くのが生業ではない。

加えて私は物事をイメージで思考するタイプである。大切な事は全て映像記憶なのだ。だがそれでは全く伝えられないので、無理やり言語化し文章に綴ってみた次第である。

さあいざ此処から先は、微力ながら貴方をエンジニアの実体験の世界に誘うとしよう。

なお本文には感嘆符が多用されている。原因はセリフや独白に力が入りすぎた所以である。その原稿が校正紙ゲラになって初めて気付いた。縦書きの感嘆符「！」が、如何に見辛いか？加えてその弱々しさは、私には「感嘆符」足り得ない。これではセリフの気迫が伝わらない。そこで感嘆符「！」を使用した箇所には、実験的に「！」の数に応じ特殊な表現を採用した。具体的には、普通の「！」は「!1」より強い「!!」は「!2」：そして「！」10個は「!A」だ。本書にてオリジナルに考案した表記ではあるが、文章の体裁より強調の伝達精度を優先した。皆さんには「!n」にてnの数字により、力強さのレベルを実感いただければ誠に幸いである。

目次

前書き　目立たずとも懸命に頑張る若い社会人達に贈る　3

序　章　偉い人肝煎りの開発プロジェクトに引導を渡した件……12

量産設計マネージャー編

第1章　量産直前の不具合で絶体絶命のピンチを回避した件……47

ティータイム1　語るも恥のパン食問題　60

第2章　エンジニアの信念と技量でコンペチタの信頼を掴んだ件……69

第3章　真の理解者とエンジニア人生最高の活躍を成し遂げた件……108

ティータイム2　同志へのささやかなる感謝　191

後書き　我がエンジニア人生を上梓するに添えて　197

序　章　偉い人肝煎りの開発プロジェクトに引導を渡した件

エンジニアの職を辞する半年程前のお話である。車載ナビ技術部の開発室に在籍する私は、当時かなり体調も悪く気力も萎えてきていた。折りしもリーマンショック直後の11月末、御多分に洩れず当社にも緊急経費削減の嵐が吹き荒れていた。

技術部としても真っ先に外注委託が削減された。特に社員よりも外注設計が多い機構設計課は、その直撃を受けた。かつて私が量産の機構設計課長だった時代から、長年苦労を共にして世話になった若者達も一気に削減されてしまった。そうなると設計の現場が人員不足になる。量産設計業務に支障を出せないとの名目を建前に、開発室の機構メンバーが異動になった。

開発室での私の下で、共に次期型モデルの機構開発を進めていた内藤君と桐沢君であった。会社人生で最も優秀かつ忠実なメンバーである。次期モデルの機構開発に留まらずCPU冷却技術やEMC解析など、我が道を往く私をエンジニアの仲間として支え、本当によく頑張ってくれた。心の底から感謝の念を抱きつつ二人を送り出した。

今や私の部下は、厄介な高密度実装基板の開発プロジェクトを専任する西嶋君だけである。

苦楽を共にした優秀な部下達を引き剥がされ、気落ちするのとは裏腹に考えた。今がチャンスだ!1今なら俺が何をやろうが、虎の子の内藤君や桐沢君に累を及ぼす危険は無い。機構設計の立場から反旗を翻し上層部に睨まれようが、もう開発室の機構屋はこの俺唯一人である。

開発プロジェクトの裏事情

この開発プロジェクトは、部材技術開発部の取締役と車載ナビ事業部の大洞（おおぼら）事業部長補の肝煎りで始まった…と噂された全社的なプロジェクトである。当時、ナビ回路基板に実装されるＣＰＵのパッケージが、より多極化を目途として大幅に技術革新した。従来の四辺から端子が出ていたＱＦＰから、パッケージ底面全てを使い微細なはんだボールで格子状に接点を形成するＢＧＡに進化した。その結果、従来のガラエポ製プリント基板では、配線パターンの這い廻しに限界が来ていた頃である。機構設計の私も横目で窺いながら「これからは基板屋さんも大変だなあ～」と思ったものである。その後、紆余曲折を経てダラダラと5年を費やし、既にトータル開発費１００億円を投入してしまった…と聞き及んでいた。このままでは絶対に不味い。

プロジェクトを担当する西嶋君は、開発当初から北亀室長が直接マンツーマンで面倒を見ていた。件の高密度実装基板は、５年経っても未だにナビの主流製品には採用されず仕舞い。５

年間には北亀室長以外にも、謎の派生製品でパイロット流動までさせた詐偽沼室長など大勢の役職者が関わっている。北亀室長はそろそろ嫌気が差し、自分は逃げようと考えたのだろう。半年前から西嶋君を組織上も機構開発課長であるこの私の部下に就け、巻き込む腹積もりだ。加えて先日、少し離れた所から私を見ながら、北亀室長が大洞事業部長補とヒソヒソ話をしている。どうせ機構屋の私を当てにして「アイツに何か採用できる製品を考えさせますから…」とでも、空手形を切っているのだ。その数日後、自席で一人でいる私に話し掛けてきた。
北亀室長「基板が小さくなれば、製品の小型化が出来て、お客さんが喜ぶだろう!1」来た~!1
ここで「だから、お前何か考えろ!1…」と、明確な指示を出さないのが北亀さんの常である。
これを逆手に取って「俺の想いのままに動いてやろう!1」と決意した。

こんな想いに至るのにも理由がある。半年前に西嶋君を部下に就けられて以来、自分なりに開発プロジェクトの内情を西嶋君にヒアリングしていた。このプロジェクトには些か否定的なイメージを抱いていたため、幾つも懐疑的な質問をした。その度に受け答えは同じであった。

西嶋君「あ、それは以前に検討したことあります。…」ゴソゴソと過去の資料を漁ってる。

私「それって、結果良くなかっただろう!?」経験上、資料を見るまでも無い。

西嶋君「はい、実はそうなんですよ。…」西嶋君は毎回真摯に検討していたのだ。

私「それって、開発の検討会議でどう判断されて、どういう結論に至っとるんだ。この俺にも教えてくれよ。」
西嶋君「実は、これは言うなと言われています・・」最初は唖然とした。
私「西嶋君、それは開発プロジェクトにおいて、絶っ対にやってはいけないことだよ!1」
彼は答えに窮している。北亀室長と私の指示が全く正反対なのだ。西嶋君に罪は無い。これまでずっと「都合の悪い情報を報告せずに隠しているのか!?」と、内心義憤に駆られたのだ。

加えて今までは基板の高密度実装の開発プロジェクトであり、必ずしも機構屋の領分とは言い難かった。だが製品の小型化となれば、完全に自他共に認める機構屋の私のテリトリーだ。例えるならこれまで防空識別圏で胡散臭く飛び回っていたのが、俺の絶対制空圏に踏み込んできたのだ。これはもう打ち落とされても文句は言えまい。一向に出口を見出せず相手も追い詰められているのか？「機構屋のお前は黙ってろー!2」という逃げ道を、形振り構わず放棄したのだ。主導権は最早こちらのものだ!1こうなったら俺の技術力と設計経験で、完膚無きまでに叩き落してやる!3

検討会議での真実の暴露

機構設計の立場から、高密度実装基板と製品小型化の検討を始めた。報告するなと指示されている西嶋君の検討資料を出す訳にはいかない。ここはもう機構屋の視点で「不都合な真実」とやらを定量的に明らかにし、白日の下に晒してやろう。自らの手で2種類の検討資料を準備し、西嶋君を伴い開発プロジェクトの検討会議に挑んだ。

相手は部材技術開発のメンバーで、私自身は新参であるが西嶋君とは5年の付き合いの面々である。技術部は私と西嶋君だけ、足抜きを狙う北亀室長は都合よく不参加だ。これに加え、全社の開発プロジェクトを取りまとめる部署から宇野課長が出席した。宇野課長は元々車載ナビ技術部に在籍した大先輩である。この開発プロジェクトの胡散臭さも承知している。何より同じへそ曲がりのエンジニアとして、この私をよく理解してくれている。これは心強い。もう百万の味方を得た想いである。

開発プロジェクト検討会議は、午前10時から全社の開発プロジェクトを取りまとめる部署の脇にあるミーティング机で行われた。プロジェクターやホワイトボードが設置されているものの、全くのオープンスペースだ。しかもその隣には、車載ナビ技術部が属する事業部の取締役事業部長でもある木藤常務の部屋があった。部屋といっても、天井まで繋がった磨り硝子で出来た臨時の間仕切りがあるのみだ。ここで大声を出せば中まで聞こえるだろう。今日はこれから相当ヤバイ話をする予定である。木藤常務の部屋の様子を遠目に窺ってみた。照明は点いたままだが、中で誰かと打ち合わせている様子でもない。恐らく今はお一人でメールのチェックや戦略を練られているのだろう。これは絶好のチャンスかも知れない。

検討会議の冒頭、先ず機構屋の私が参加する目的を説明すべく、口火を切った。

私「お久しぶりです。本日この私が参加したのは、西嶋君の上司という立場でもありますが…『基板が小さくなれば、製品の小型化が出来て、お客さんが喜ぶだろう!1』と言われたからです。そこで機構屋の立場から、私が検討した資料をご説明したいと思います。」

自慢ではないが、車載ナビの技術部で機構屋と言えば、私が第一人者?と目されている。もう相当行き詰っている開発プロジェクトに何か光明が見出せる期待なのか、何故かフレンドリーな雰囲気で始まった。

先ずインパネを横から見た断面図を示し、ナビ製品の搭載環境について説明に入った。

私「インパネ内におけるナビ製品の後ろの部分（車両前方）は、実は結構空いてます!1自動車メーカーではヘッドインパクトの衝撃値を下げるため（衝突時、乗員が頭ぶつけた際の安全性を確保するため）エンジンルームとの間の車体フレームから○○cm以上空けるルールになっているんです。実際その空間には、車両のワイヤハーネスがトグロを巻いているのですが…」

これは実際の搭載環境の実情から、前後方向の小型化の必要性を否定する説明だ。

私「でもナビ製品を前後方向に縮めれば、車室内がその分広くなると思うでしょ。だけど違うんですよ。ナビの画面はタッチパネルだから、運転席から手が届かないとダメなんです。人間工学的にナビ画面の前面位置は決まってしまうんですよ。車室内の広い海外メーカーなどは、インパネのナビ画面の部分が馬の鞍みたいに迫り出したデザインもあるぐらいです。…」

相手が反論を出す間もなく逃げ道を塞いでしまう、僕の悪い癖だ!1でも今回はこれで良い。


次に歴代の主流製品の計画図を示し、ナビ製品内における主要構成部品の体積比率について解説した。計画図とは、製品設計で全ての部品を記載した図面（CADデータ）である。

私「これらの計画図は、歴代のナビ主流製品です。その中で製品全体の体積における主要構成部品のパーセンテージを分析してみました。ナビ基板、DVDデッキ、ハードディスク、なおデッドスペースとは、使っていない空間のことです…」**製品実績の定量的データ分析**だ。

私「私もビックリしたんですが、ナビ基板の体積は製品内において少ないもので10%、多いものでも20%しか無いんです。この20%のナビ基板を高密度実装基板で最大20%小さくしても、単純計算で4%にしかなりません。製品として全く嬉しくないんですよ。だってデッドスペースもナビ基板と同じ10～20％もあるんですからね。…」単純計算だが、説得力は抜群だ。定量的に製品の小型化への寄与度が大して認められないのだ。これならぐうの音も出まい。

　ここまで説明すると、もう相手は怪訝そうである。予想したことではあるが…「こいつ開発プロジェクトの検討会議で、何でこんな後ろ向きな発言するんだ？…」と、心の声が聞こえる様であった。これは少しフォローしておかねばいかんなと思い、開発における自身の考え方を述べることにした。

私「実は今日こんな後ろ向きな検討結果を持って来たのには、理由があるんです。私は以前に部材技術開発と検討会議した経験があるんですよ。確かテーマは多極接続だったかなあ～…、その際にもの凄くマイナスの情報が出てきたんです。半分僕が出したようなものですが、前に座っていた人が、部材技術開発の方に『こんなのダメじゃないですか!1』と食って掛かったんですよ。一体この方は何て答えるのかなあ～って見ていたら、何て答えたと思います？何と…『それは新しい開発テーマですね!1』て言ったんですよ。私は目から鱗が落ちる想いでした。確かに、そのマイナスの部分をクリアすれば、他社だって出来ないのだから物凄い競争力になるんですよ。ああやっぱり全社で開発を担うような方は、こういう前向きなマインドでないと勤まらんのだなあ～と感服したものです。それと同時に学んだのが、やっぱりマイナスの情報ほど皆の前に出して検討しないといけない。その上で、開発プロジェクトの軌道修正をするのか？それとも新しい開発テーマを加えるのか？最悪今回は技術を棚入れして撤退するのか？…判断しコンセンサスを取らないといけない…」**これは本当にあった話だ。**

自分でも「良い話をするなあ～」と酔ったのか、勢い余って何と最後の一線を踏み越えた。私「翻って、高密度実装基板の開発プロジェクトは何だ!1半年前に西嶋君を就けられてから、内情をヒアリングした。僕はこの開発に少し疑問を抱いていたから、幾つか懐疑的な質問をしたんだよ。すると必ずほぼストライクゾーンの検討結果が出てくる。懐疑的な質問だから当然結果も良くない。それは皆と検討会でどういう判断になったか聞くと：『実は、これは言うなと言われています!1』だよ。それも1回や2回じゃないよ。僕が聞く度に毎回そうなんだ。…これは技術部が悪いんだよ!1だけどこんなこと5年もしとったら、開発なんて上手く行きっこないんだ!2」**ああ、遂に言っちまったぜ～!1**

感極まっていたのか、気がつくと立ち上がって話を続けていた。

舞い降りた何かによる最後の一押し

部材技術開発の面々はもう眉を顰めて聞いている。今日はここまでにして、少しずつ説得しながら相手の腹に落ちるのを待とう。最後にどうまとめて締め括るか考えた。しかし会議開始からもう1時間、一人でしゃべりっぱなし。体調も優れない所為か、立ったまま一瞬酸欠にでもなり、頭が真っ白になった。その瞬間、心の内に恐らく浪花節の神様でも舞い降りて来たに違いない。それまで全く意識していなかった想いが、口を衝いて流れ出した。

私「僕はー!1上司としてー!1西嶋君が!1可哀想だよー!3：彼は一生懸命に色んなこと検討しているんだよ。だけど少しでも悪い結果だと、それを全く出せないんだ。彼、この5年間、周りからは、全然仕事してないみたいに見られてるんだよー!1……西嶋君も、ちょっと何か言ってやれ!1…」最後の一息で、何とか声を搾り出した。

遂に息が切れ、暫しの時間稼ぎを願った。だがそのささやかな期待は大きく裏切られた。

西嶋君「実はー!1そうなんですよー!2…ちょっとでも悪い結果だと：『それは言うな!1』て、言われちゃうんですよー!4」堰を切ったかの如く、涙声で訴えていた。

呼吸を整えながらも、驚いて横の西嶋君を見た。およそ彼はこんな無茶を言うキャラクターではない。上司として見ても、極めて優柔不断なタイプだ。その彼が私の話をなぞっただけとは言え、ここまでの思いをぶちまけたのだ。まさか私に降りて来た浪花節の神様が、彼に乗り移ったのか?いやこの5年間よっぽど辛かったのだ!1西嶋君もまたエンジニアであった。正しいことを正直に言いたかったのだ!1直後、部材技術開発の面々に目を移した。全員がギョッとしてる。先程までうつむき加減に眉を顰めていたのが、目を剥いて仰け反り返っていた。正に「うぉあー、これどうなっちゃうの!?‥」と、まるで心の悲鳴が聞こえるかの様であった。

元来人間は、たとえ正論であっても、自分に都合の悪い話は受け入れられないものだ。理を尽くしても、60％伝われば良い方、普通は40％、悪いと20％だ。この検討会の参加者は、理屈の分かる真っ当なエンジニア達だ。であるからこそ「不都合な真実」を話したのだが、それでも話半分伝われば良いと覚悟していた。それが西嶋君のこの暴露証言である。半年前から上司の私と比べ、彼らはもう5年の付き合いである。西嶋君の優柔不断なキャラクターは熟知している。その西嶋君が5年間の真実の仮面を脱ぎ捨て、一人のエンジニアに豹変したのだ。私の不都合な正論が１００％、いや１２０％参加者全員の心に刻み込まれた瞬間である!1

若い頃から私は天邪鬼で正論は吐く方だった。相手は反論できないと、必ず個人攻撃が始まる。まず「お前の意見は聞いていない」次に「アイツは頭がおかしい」遂には「奴は信用できない」…等々、その度に言われたものである。意見が違うなら反論して欲しいのだが、議論にならない経験をした覚えが何度もあった。それらの苦い思い出と比較し、会社人生の中でこれ程の援護射撃を受けたことがあっただろうか?後になって思い起こせば、もう涙が出る程ありがたい。しかしこの状況で、全く別の感情が湧き上がった。心底から「この会議!1：もう俺が貰ったー!?」と意気込み、恐らくアドレナリンが分泌された。

大相撲に例えるなら、相手が痛めている足に体重が掛かりよろめいた瞬間、こちらは全力を出せる体勢であった場面である。これはもう土俵際まで怒涛の押しで寄り切るのみだ。大体この話が上司に知れれば、私自身はこのプロジェクトから干され次は無いかも知れない。危ない賭けに同調した、西嶋君の勇気も無駄には出来ない。でも取り敢えずは、彼を庇って責任無い様にしておこう。

私「西嶋君が検討した悪い結果は、出すな!!と言われているので出しません。上司の命令は守らないかんですから。今日説明した資料は、機構屋の私が独自に分析したものです。私は一応課長で少しだけど決裁権があると思ってます。上司に諮って出すな!!と言われると困るので、私個人の決済で持ってきましたー」**これで責任は限定した。西嶋君に累は及ぶまい!!**

この後さらにもう1時間、気力を取り戻した私の独演会が続けられた。

機構屋としての本音を吐露

実はこの後のシナリオは全く準備しておらず、心に湧き上がるイメージのまま話を続けた。機構屋としてこの開発プロジェクトに抱いていた違和感を、リアルタイムで言語化したのだ。

私「私は上司から『基板が小さくなれば、製品の小型化が出来て、お客さんが喜ぶだろう!!』

と言われた時、その場では反論できなかったけど何か変な感じがしたんです。そこで先程説明した計画図、歴代のナビ主流製品ですが、あれ全部私が何らかの形で関わってきたんですよ。私はそういう面倒臭い製品の部品詰め込む設計を、何とかする係なんです。この15年間ずっとですよ…」

身振り手振りのゼスチャーも交えつつ、湧き上がる想いを言葉にした。

私「そこで私、自分の胸に手を当てて考えてみたんです。これらの計画図を成り立たせる際に『俺って1回でもナビ基板を小さくしようと思ったことあるのかな?』てね。…したら1っ回も無いんですよ!1あれ:?どうして:?て考えていたら、解ったんです。実は『ナビの基板は大きくないと、製品が小型化できないんだ!1』て…」

相手は全員唖然としている。当然だ。誰が聞いても一見矛盾した発言である。

私「こいつ何言っとんだ~!1と思うでしょ。でも本当なんです。それを今から説明します。」

ここからが機構屋の本領発揮だ。心の赴くままに土俵際まで寄り切るぞ!1

私「我々機構屋は計画図を引く時に:、まず最初に基板の外形を目一杯大きく取るんですよ。理由は基板屋さんから電子部品やパターン配線が『載らなーい、載らなーい:』て、いっつも言われるからです。彼ら基板屋さんは、エンジニアではなく手配師なんです。だって彼らは、機構屋から基板外形図貰って、今では回路屋が引いた共通回路のインターフェース調整して、仕様書に貼ってプリント基板のアートワークを外注するだけなんです。だから今回は何％足りないとか、何％増やして欲しいとか、定量的な議論が全く出来ないんです。それで念仏の様に『載らなーい、載らなーい…』とか、繰り返すんですよ。我々も後でダメって言われると困るから、計画図の一番広い面を使って、基板外形を最大限確保するんですよ。」

先ずは、ナビ基板の外形が決まっていく経緯を説明した。ここから先が本質的な部分だ。

私「でも基板自身は大きくても問題は無いんです。インパネ内に搭載される製品のサイズが、２ＤＩＮ（ツーディン）で高さ１００㎜として基板の厚さは１・６㎜、こんなの目一杯大きく取っても大勢に影響は無いんですよ…」**先程のナビ基板体積分析の話と同じだ。**

※ＤＩＮ：ドイツ工業規格、中でも車のオーディオ類取り付けスペースの規格があり、１ＤＩＮ（ワンディン）で横幅１８０㎜高さ50㎜、奥行きは基準面から１種では１２５㎜、２種では１６５㎜を車側で空けておくものである。実際には基準面から５㎜から20㎜程度、製品の意匠面は飛び出しているのが通常。ＪＩＳこと日本工業規格にもコピペした規格が存在し、日本の各社はこの規格に概ね準拠していた。

ここで具体的な詳細数字まで挙げ、ナビ機構設計の専門家をアピールし相手に畳み掛けた。

私「実際問題になるのは、基板に実装される背の高い部品なんです。車両コネクタが一番高いですが、これは基板の後ろに1列に並ぶので問題になりません。困るのが電源の1次側のコンデンサーとコイルです。高さ35㎜ぐらいで凄く邪魔なんです。その他、ナビではジャイロセンサー、今では高さ25㎜ですが昔は34㎜のデカイ塊でした。最近ではデジタル部のタンタルコン…高さ10・5㎜でクリアランス含め12㎜空けないとダメです…」**これくらいでやめとこう。**

さあいよいよ本題だ。基板が大きくないと都合の悪い、真の理由を明らかにしてやろう。

私「そこで機構屋がやることは、基板屋に対して『こんなに基板大きく取ったんだから、背の高い上の部品どいてくれ!1…』て、やるんですよ。専門用語で取り合い設計と言うのですが、背の高い部品を脇に避けて空けた場所に、上の方からDVDデッキやハードディスクをグリグリグリグリ降ろしてくるんですよ。そうやって高さを抑えて計画図を成り立たせることを毎回やっているんです。これを一生懸命やった製品ほど、先程の計画図の分析でデッドスペースが少ない。あまりやらなくても成り立ってしまった製品は、逆にデッドスペースが多いんです。機構屋は基本絶対これをやっています!1」**これが歴代ナビ製品における設計成立の真実だ!1**

ダメ押しで頼みの綱である宇野課長に話を振った。これには歴史の深い理由がある。

私「宇野さんなら俺の言っとること分かるよねえ!1昔、情報ナビ端末でやっとったもんね!1」

宇野課長「まあな!1」口ひん曲げて悔しそうだ。こいつ覚えてやがると言わんばかりだ。

遡ること15年前、当時はまだ事業部になる前の情報ナビプロジェクト部の時代、我々は情報ナビ端末という名のナビ関連製品を設計していた。そんなある日のこと、宇野さんが設計室のフロア全体に響く大声で吠えた。

当時の宇野係長「俺は、コスト下げるために基板小さくしようと思ったのに、コンデンサーが上のCDデッキに当たって入らんやないか!1ちくしょう!1どうなっとんだー!3」

周りは「また宇野さん大声出しやがって、空気悪いなあ～」と、顔を背けている。担当製品は異なるが、当時私も本格的に製品設計の計画図を引き始めたばかり。トイレからの帰りハンカチで手を拭きながら設計フロアに入った際の出来事だ。何故か当時の光景まで明確に覚えている。そして思った…「宇野さんところも同じなんだ。でも僕のところは、基板を目一杯大きくして部品避けとるもんね!1」きっと宇野さんにも忘れられない思い出だろう。

現場の第一線で一生懸命に設計してきた者同士しか共有できない経験を引き出し、宇野課長の賛同を求めたのだ。悔しそうに返事されたが、若干懐かしそうにも見えた。これで宇野さんは完全に俺の主張に味方してくれる筈だ。この検討会議が宇野さんに参加してもらえたのは、正に天の采配であろう。

エンジニアの誇りと共感による説得

さ〜て、ここからは部材技術開発の面々の心を動かす番だ。どうしたものか？

私「昔アニメに有名な台詞があったよねえ〜。皆さんもその世代だから知ってると思うけど、確か…『偉い人には、それが分からんのですよ!1』でしたっけ。僕はそこまでは言わんけども『お前ら自分で線引いたこと、一遍も無いだろう!1』と言いたいよ。」

ちょっと相手に失礼な言い方と思い、間髪を入れず補足した。

私「部材技術開発の方は問題ないんだよ。皆さん専門分野があって：『技術部の末端で計画図引いとる奴はそんなこと考えとるんだ!?』と、今日分かってもらえば良いんだよ。でもうちの技術部の次長や部長が、それではいかんだろう。だから『ナビの基板が小さくなれば、製品が小型化できて…』なんて言い出すんだよ。会議室でね、事業部の戦略だとか何とか議論しとるのは良いんだよ。でも『計画図引いたこと無いなら、お前ら設計について口出すなよ!1』て、俺は言いたいよ。」

こんな感じで自らも聴衆の視点で随時軌道修正を図るのが、私の独演における真骨頂だ。

よし!1ここからは互いのエンジニアとしての誇りに訴え掛けて、共感を求めよう。

私「この開発プロジェクトは偉い人が進めとるのかどうか知らんけど、僕は空気が読めないからこんな報告してるんだ。普通は長い物には巻かれて、言われたとおり黙ってやっとれば良いんだけど、本当に僕はサラリーマンとしては失格だよ…」先ずは一回屈んでおいて…

私「今日こんな話をすれば、技術部に戻ったら僕は只では済まないと思う。だけどね、俺はーこの会社に入る前からエンジニアなんだ!1その俺が10年も15年も一生懸命やってきた計画図の仕事の一丁目一番地で、嘘なんか吐けないだよー!A」気持ち良いー、啖呵切っちまったぞ!1

さらに此処でとどめの一押しだ。土俵を割るまで押し切るぞ!1
私「そうでなくとも機構屋は、色んな部品詰め込むのに苦労しとるのに『ナビの基板が小さくなれば…』なんて話は、到底受け入れられないんだ。こういう事情だから、以前にパイロット流動させた派生製品はいざ知らず、この高密度実装基板は、僕の目の黒いうちはナビ製品のメインストリームには絶っ対に入れんよ。だってナビの主流製品の計画図は、全部この俺の目を通るんだからね。まあこんな話をしたんで、技術部に帰ったらすぐに目が白くなるかも知れんけど…」結果的にはそうなった。
※この派生製品は車載ナビ技術部の詐偽沼新任部長が、高密度実装基板の市場実績を作るため（本当は後述するB to Bコネクタ問題での大失態を挽回し、上に胡麻を擂るため）室長時代に技術部の多忙を省みず、無理やりでっち上げた？よく分からん一回限りの謎の製品。

小型化に関する大人の考え方

充分盛り上がったので少しクールダウンし、話を替えて別の角度から説得しよう。

私「小型化についても、僕は少し意見が違うんです。今から10年ほど前、まだ係長だった時代にエアコン技術部と話し合う機会があったんですよ。…」**これはまた設計者時代の別の話。**

エアコン技術部と言えば、当社では伝統的な技術部だ。そこで得た知見は権威が高く信用に値する。当時の海外自動車メーカーのナビ取り付け関係で、ナビ海外拠点とエアコン技術部との間で起こったトラブルを仲裁した概略を紹介し、その際に学んだ小型化の考え方を説明した。

私「その際、相手のエアコン技術部の課長さんが、僕のことを大層気に入ってくれたんです。それで30分も説明してくれた相手の計画図について、最後に思わず言ってしまったんですよ：『この基板、横にすればもう少し全体が小さくなりますよねえ…』て、生意気にも聞いたんです。そしたら相手の課長さんが：『君、解るのか!1そうだよ、まだまだ小さくなるんだ!1だけど小さくしないんだ!1』て、得意満面に言うんですよ。思わず『え!1どうしてですか？』て聞いたら、正直な本音を話してくれたんです。それは：『これを小さくする時は、我が社：当然エアコン事業部が新しい製品を提案して、それを車ん中全ー部探して：どっこも付けるとこ無い時に、初めて「がんばりますわー!1」と言って、ここを小さくして付けるんだよ…』てね。それで僕は『うわー、歴史のある技術部さんは仕事の仕方が違いますねえ～：今日はとっても勉強になりました!1』て、頭を下げて帰って来たものです。」

私「それから10年も経って、今回ナビの技術部で上から言われたのが『製品が小型化できて、お客さんが喜ぶだろう!1』ですよ。私は思いましたよ『アホか!1お前ら子供かよ。お客さん喜ばせてどうするのよ。それで我が社が幾ら儲かるのよ!?』てね。お客さんが喜ぶと言っても、それが最終ユーザーさんなら分かりますよ。例えば『この製品スリムだねえ。メーカーどこ?今度買う時もここにしよう:』てね。でも違うんですよ。ナビ製品は、意匠面はユーザーに見えますが、本体部はインパネの中で関係ないんです。喜ぶのは車メーカーで搭載設計やってる担当者、もしくはインパネの工業デザイナーだけです。あいつら喜ばせてどうするのよ。血反吐を吐いて頑張らせとけば良いんですよ。それが仕事なんだから。彼らにしても変な形した大きな部品を何とか上手く搭載したり、制約のある中で格好良く使いやすいデザインすることで評価されるんです。部品が小さくなって楽になっても、彼らの手柄にはならんのですよ。」

さすがに小型化の必要性を否定し過ぎたか?再び補正しよう。

私「ナビだって小型化に努力していない訳では無い。昔はナビECUといって、横幅250㎜のデカイ箱だったんだ。それがディスプレイ背面のインパネ内に入って、DINサイズの横幅180㎜に縮めたんだ。その昔はGPSだって別箱だった。それを内蔵して、アンテナ用の太い同軸ケーブルが筐体内を走っている。地図メディアもDVDデッキだけだったのが、今ではハードディスクも内蔵している。まあ当社の設計では無いけど、オーディオ一体機に至っては音楽用CDデッキや、ディスプレイ可動機構まで搭載されている。また最近ではCPUが熱いからと筐体ファンだけでなく、CPUファンまで取り付けて大騒ぎだ!1今設計中の2010年モデルでは、それでは足りず冷却モジュール?を検討中だ。そんなことをずっと同じ2DINサイズの大きさで実現しているんだよ…」**どうだ!1ナビ製品での取り組みは…**

私「現在2010年モデルは、ナビメーカーとオーディオメーカーで主導権争いしてるけど、搭載スペースに関してだけは全メーカー一丸となってお客さんにスペース確保を要請しているんだ!1そんな中で自分から小型化します!1なんて、言う訳無いでしょう。だってこの先どんな新機能が入ってくるのか分からんのですから。我々だって余分にスペース取ったりはしない。品質を確保できるギリギリでずっと勝負しているんです!1」**まあ、これで伝わったろう。**

プロジェクトへのとどめの一言

そろそろ締めに入るべきだが、ここまできたら、もう全部吐き出そう。

私「大体北亀さん、あの人罪が重いと思うんだよ。5年間のうち半分以上担当している。当初の2年間、最近も1年ぐらい。それに大洞事業部長補、僕はあの人を尊敬していたんだ。課長以上が集まるマネージャー会議でも、言われること一々ごもっとも、視点も高いし…、あの人の言葉は一字一句ダイヤリーにメモってある。合理化の会議でも、10円20円のコストダウンが未達でも『バカヤロー!1』て怒鳴るんだよ。それは良いんだよ!1事業部のために心を鬼にして言ってくれとるんだから。なのに『不味いことは報告するな!1：』なんて、指示があったかどうか知らんけど、それで5年間で100億円使っちゃいましたって、裏で一体裏で何やっとるんだ!1幻滅したよ…」**ちょっと良くない方向だな。**

　そうだ!1部材技術開発は真剣に仕事してきたんだ。過去の開発は肯定しておくべきだ。

私「開発プロジェクトはそもそも高密度実装で始めたんでしょう。開発当初はナビのCPUがBGAになって、ガラエポ基板では苦しい…みたいな話だったでしょう。私も『これからは基板屋さんも大変だなあ～』と遠くから見ていました。それが紆余曲折、今になって小型化の話にされて、機構屋の私のところに持って来られたんだ。自分としても降りかかる火の粉は払わにゃならん。それでこんな話になっとるんですよ…」**自らの機構屋の立場を再表明した。**

　さあ遂にクライマックスだ!1ダメ押しの殺し文句で、体を預けて一緒に土俵下まで転落だ!2

私「話は逸れるけど、私は会社の持ち株制度を利用してるんだ。皆さんの中にもやってる人いると思うけど、給与天引きでほんの僅かだけど株主なんだ。先程サラリーマンとエンジニアの立場について話したけど、これを株主視点で考えると、１００億円もあったら配当してくれ!1ていう話なんだよ。このまま開発継続してさらに何十億円も使っちまったら、ハッキリ言って『株主代表訴訟ものですよ〜!2』て話だよ。」

隣の常務の部屋に届けと言わんばかりに、語尾を張り上げた。聞こえたかな…?

私「僕の場合はそれでは済まんのですよ。これ知ってて黙っていて損害出したら、会社に対する背任行為ですから。手が後ろに回ります。今回の件、僕は技術部に戻ったら只では済まないと思う。本当にいい迷惑ですよ。でももう課長で労働組合も守ってくれんし、自分の身は自分で守らないかんので本当の話をしたんです。皆さんも信じるかどうか別にして、今日僕の話を聞いてしまいましたから、どうかよろしくお願いします!1」**もう究極の脅し文句だ!1**

心の内にある全ての想いは語り尽くした。自分に出来るのはここまでだ。後は運を天に任せるのみ。この会社がまともな企業であるのを祈るばかりである。もうそろそろ昼休みなので、終わりにしよう。

私「そういうことなんで、この高密度実装基板の開発プロジェクトについては、技術部としても一度仕切り直しさせて下さい!?」**これにて完結だ。**

部材技術開発の次長「今日聞いた話は、我々にとっても寝耳に水の話ばかりです…。一旦持ち帰って検討させて下さい…」さすが、大人の回答だ。でも、もう心は折れてるだろうな…

この人は真っ当なエンジニアだから正しい判断を下すだろう。これで小型化の出口は完全に無くなる。そうでなくとも多忙を極める仲間の機構屋達が巻き込まれ、御偉方？から無理難題を押し付けられる事態は回避できた。


この後「俺、よく2時間も持ったなぁ～」と感慨に浸りながら、少し離れた設計フロアまで帰るべく、長い廊下を歩いた。さながら延長18回完投した投手の如く、燃え尽きたような感じである。例えれば、名作ボクシングマンガのクライマックスの場面だ。至高の対戦相手に対し15ラウンド戦い抜いて全てを出し尽くし燃え尽きたかの状況である。申し訳ないが、西嶋君と何を話したかも全く記憶に無い。

実際にこの会議が、会社人生最期の晴れ舞台であった。2時間もの間、私の独演会を遮らず黙って聞いてくれた部材技術開発の皆さんには感謝したい。また短い言葉ではあるが、唯一私の考えに賛同をくれた宇野課長、そして最高の援護射撃を放った西嶋君にもお礼を言いたい。西嶋君、あの時君は最高のスナイパーであった。5年間でたった1発!1でもここしかない絶妙な瞬間に、相手の心を見事に射抜いたのだ。もう誰が何と言おうと、この俺が褒めてやるぞ!1本当に凄かった!3

開発プロジェクトの終焉

数日後、予想通り室長が私に激しく詰め寄った。漸く検討会議での顛末を耳にしたのだ。

北亀室長「馬鹿野郎ー!2お前は勝手に動くなー!4」彼にしては、凄い剣幕だな〜。

基本、北亀さんは良い人である。怒鳴ったところなどは見たこと無い。嫌いでないどころか、人間として結構好きな方である。部下に対しここまでの暴言を発したのは、彼の会社人生でも恐ら最初で最後だったろう。無反応に「北亀さんでも、こんな言葉を発するんだ…」などと、少し驚きながらも冷静に答えた。

私「はい。分かりました!1」これ以上、何も言う気力が無い。俺はもう真っ白なのだ!1

何故なら、もう既に検討会議で2時間もの大演説をぶった後である。自分に出来ることはフルスイングで遣り切ってしまった。後は運を天に任せる、いやもう好きに判断にしてくれ…の心境である。例えるならエンジニアとしては蝉の抜け殻だ。私のエンジニアの心は、検討会議で一滴残らず拡散済みである。今更何を議論しろと言うのだ。開発に対する根本的な考え方が違うのだから意味が無い。

てっきり食って掛かって反論してくると予想し、身構えていたのだろう。当の北亀さんは、唖然として言葉も無く、すごすごと席に帰って行った。やっぱり根っこのところでは人の良い性格なのであった。

1週間後、何故か再び室長が私の席を訪れた。件の報告内容を少々聞きかじったのだろう。北亀室長「まあ、ナビはいろいろと入っとるからな…」何だか少しばつが悪そうだ。検討会議の前半の資料は定量データで覆しようが無いのだ。本質は後半の演説なのだが、…

全く無言のまま北亀室長を見詰めた。正に軽蔑の眼差しであった。思えば少し悪いことをした。でも当時の私には、もう精神的余裕が無かった。北亀さんは、再びすごすごと席に戻って行った。たった1週間で北亀室長の態度が明らかに変化したのを目の当たりにして「上層部で何か情勢が動いたのか!?…」と、漠然とした予感を抱いた。

遂にその時は訪れた。年末12月中旬の早朝、まだ出社する社員も疎らな時間帯である。車載ナビ事業部の取締役事業部長でもある木藤常務が、突如として設計フロアに姿を現した。

当時かなり体調も悪く気力も萎えていた私は、定時後長時間残業する体力が無かった。そこで朝7時半に出社し、邪魔の入らない朝の時間を有効活用し仕事の効率を何とか保っていた。対して詐偽沼部長はいつも8時に出社、席に鞄を置くなり喫煙室に直行だ。そして8時20分頃に席に戻り、机に向かい何やら仕事を開始する。8時40分定時直前に出社した普通の社員は、既に仕事に励む詐偽沼部長を目撃する格好になる。全く涙ぐましい見事なパフォーマンスだ。

そのくせ詐偽沼部長は「課長以上は定時に帰るな!1」とほざく。対する私は「課長の俺でも7時半だぞ!1部長のお前は7時に来いよ!1 8時過ぎじゃ遅いぞ!1しかも定時直前までタバコ吸いやがって!1」と、心の底で罵っていた。

その日の朝は、まるで詐偽沼部長の出社を待っていたかの如く、木藤常務が駆け寄った。詐偽沼部長が席に鞄を置きつつ、腰を降ろそうとした正にその瞬間である。設計フロアの入り口から中央の部長席まで、木藤常務の年齢と体格からは、およそ想像もつかないくらいの早足であった。自席で背を向けていた私は、何事が起きたのか?と横目で追いつつ、思わず聞き耳を立てた。木藤常務は設計フロア全体に響く甲高い大声で叫んだ。

木藤常務「詐偽沼くーん!1僕はこれまで高密度実装のプロジェクトを応援しとったけど!1これからは事業部の為になるように進めないとダメだからなー!3分かったなーー!6」何~!3

聞き耳を立てていた私は、思わず振り返って木藤常務の方を見てしまった。

詐偽沼部長「え!1、あ!1、う!1…」しどろもどろで、朝から一体何が起きたかという様子だ。

木藤常務は詐偽沼部長の返事を聞く間もなく、入ってきたのと同じ早足で立ち去った。技術部の新任部長から見れば、事業部長でもある木藤常務は雲の上の存在だ。咄嗟の出来事に、詐偽沼部長には全く意味不明だっただろう。

だが私だけはその意味を瞬間的に理解した。検討会議で示した「不都合な真実」から判断するなら「車載ナビ技術部は、高密度実装基板の開発プロジェクトから撤退せよ!1」と、常務は指示したのだ。あの瞬間、設計フロアで木藤常務の言葉の真意を理解した者は、私を措いて他には居るまい。席に座ったまま思わず両手の拳を握り締め、誰にも気付かれぬよう暫くの間、机の下でガッツポーズをとっていた。平課長の命懸けの直言が、雲の上の常務の判断を変えた瞬間であった。

直後に思った…「あれ、俺にも聞こえるように言ってくれたのかな~?常務の部屋の隣で、偉そうに騒いだお返しか?でも幾らなんでも、まさかそれは無いだろう?!・・」何れにせよ木藤常務は技術部全員に向かって宣言されたのであった。


数日後、宇野課長が突然私の席の横に現れた。そしていつものべらんめい口調で叫んだ。

宇野課長「鷹騒ー!1お前、あの高密度実装のプロジェクトなー、あれ、終わるぞー!2」

私「え!1宇野さん、どういうことですか!?」待ってましたとばかりに聞き返した。

宇野課長「あれなー、全社のプロジェクトを取りまとめる俺んとこの室長がなー、全事業部に『こういう技術があるぞ~!1』てレターを出すんや。そんでどっこも手挙げる技術部無かったら、そんで仕舞いやー!2鷹騒ー!3やったなー!5」全く乗り乗りの喜び様と、最大の賛辞だ。

心底実感した。宇野さんは、きっと裏で何かやってくれたのだ。少なくとも宇野さんが在籍する全社のプロジェクトを取りまとめる部署にて、検討会議での「不都合な真実」を報告してくれたんだ。もしかするとその流れで木藤常務に直訴してくれた後押しも有り得る。宇野さんだって動きやすい。技術部の俺が報告した内容である。尻馬に乗り「ナビ製品開発の第一人者が検討するにはですねー……」と、お墨付きでもう好き勝手に言いまくりなのだ。

検討会議での宇野さんは少々悔しそうに見えた。後輩である私に会社人生を懸けた演説をされ、エンジニアとして嫉妬に近い感情を持ったかも知れない。でもだからといって宇野さんは私の足を引っ張るような人物ではない。むしろ私の骨を拾ってくれるかの人柄なのだ。という か骨にならない結末に向け心を砕いてくれたに違いない。正にエンジニアとして阿吽の呼吸、ここは何も聞かぬが花である。

私「宇野さーん!3ありがとうございましたー!7」席に座ったまま、深々と頭を下げた。宇野さんも自分が何をしたのか敢えて語らない。これぞ粋ってもんだ。そして感慨深げに何度も頷いていた。15年前の車載ナビ技術部の草創期から頑張ってきたへそ曲がりのエンジニア、その二人が長年技術部を悩ませてきた偉い人肝煎りの開発プロジェクトを、今ここに葬り去ったのであった。

偉い人の意地で長年継続してきた開発プロジェクト、それをたった一度の開発会議を契機として撤退に追い込んだ。この先無為に費やされたであろう何十億円もの全社開発費を、我々の行動で一気に節約できたのだ。長年世話になった優秀な外注設計者を容赦なく削減する車載ナビ技術部にとっても、絶大な経費節減効果を生むのは間違いない。

だが当時の部長には絶対に理解されない現実も、残念ながら確信していた。冒頭にて述べた開発室の機構メンバーとして、苦楽を共にした内藤君と桐沢君を引き剥がした張本人である。その真の理由は、本書では充分に語りきれない。余りに複雑な経緯を含む為、割愛している。次章から展開される量産設計マネージャーの活動では、ほんの触りだけだ。本音の部分は、開発室で先行開発マネージャーとして活動した別のお話に譲るとしよう。

関係者の末路と序章の総括

年末の組織変更で、北亀室長は技術研究部へ異動になった。この件が関係しているのは明白である。でも私は悪いことをした気にはならなかった。この北亀室長、物凄く頭の良い人だ。アカデミックで物腰も柔らかく、理論派の私とは肌が合った。私も部下としてよく仕えたつもりだ。しかし上司としてはいただけない。とにかく決断が出来ない人だった。誰もが大なり小なり持っているファーストペンギンの心が、この人には皆無であった。常に責任を伴った判断を迫られる事業部の設計開発には、絶対に向いてない。この異動は本人にとっても幸せなのだろうと感じた。

最後は後ろから刺す形となったが、グダグダになったこの開発プロジェクトを止めるには、私の立場ではあの選択肢しか無かった。結局彼はサラリーマンで、私はエンジニアであった。只もうそれだけだ。

蛇足だが、エンジニアにはこのファーストペンギンの気持ちは大切である。失敗する可能性があったとしても、将来を予測して前に進めて行く勇気が必要不可欠なのである。かつて設計担当の時代、決断に迷う上司に言った覚えがある。確か「僕は斜め前でもいいから進めたい。走りながら軌道修正すれば良いじゃないですか⁉」と。実際に始めてみねば気付けない課題も多々ある筈だ。事業部で設計開発する際も、この考え方は全く変わらなかった。私の大学での専攻は制御工学だ。目標との偏差はフィードバックしながら適宜修正していけば良いのだ。

5年の長きにわたり開発プロジェクトの技術部専任担当であった西嶋君も、時を移さず量産製品担当課へ異動になった。全ての部下を引き剥がされ、事実上も完全に窓際に追い込まれたタイミングを絶妙の好機と見なし、私は早期退職の手続き書類を提出した。年明けの1月末の出来事だ。なぜその決断に至ったのか？本書では敢えて語らない。特に若い人にはお勧めしない。やる気のあるエンジニアなら、サラリーマンになる気が失せるだろう。

そして年明け2月、早期退職の手続き書類を提出した直後の出来事である。大洞事業部長補は、関連会社の副社長として転籍になった。功罪有ったと思うが、この方がいたからこそ車載ナビ事業部としても一本筋が通っていた。だが、最後まで取締役にはなれなかったのである。今回の件が直接の引き金とは思わないが、少なくとも花道に足を掬って泥を塗ったことだけは間違いない。

当社の独自技術による技術員の意気高揚や部材技術開発部からの人材獲得など、私ごときには想像もつかない深いお考えだったやも知れない。悪く捉えれば、全社開発プロジェクトによる部材技術開発とのコラボで、自らの地位向上を狙う下心も無きにしも非ずだろう。

しかしながら今回の開発プロジェクトは、設計現場の立場から余りにも筋が悪過ぎたのだ。その本質を読み切れなかった御本人の、エンジニアとしての力量の無さが招いた結果である。この件に関して不誠実な行動をした関係者は、自らの生涯賃金を返納しても足りないだろう。だが何より製品の小型化に関し的外れな技術提案をし、客先や協業先に迷惑を掛けずに済み、本当に良かった。

序章はここで大団円で終わりたいところだ。だが失策を犯した際には、その反省および再発防止が大切である。品質を重視する自動車業界では、特に徹底されている。何故問題が大きくなったのか?その原因究明と再発防止が重要である。当然の如く無責任な関係者の追及も必須である筈だ。

これは自動車業界のみならず、日本の産業界では長年重視されてきたビジネス姿勢である。20世紀の高度成長時代には特にもてはやされ、失敗を糧とし技術やノウハウを蓄積してきたのだろう。しかしもう21世紀だ。時代も変化し社会システムも複雑化して、蟻の一穴堤を崩すの例えが現実に成り得る世界である。最早失敗すら許されない時代に変貌していると理解すべきである。大失態を犯せば、自らが属する組織全体が吹き飛んでしまう事態にもなり兼ねない。大体、失敗しないと成長出来ないなんて、格好悪過ぎだろう…。失敗は頭の中でするべきだ!1

だからこそ私は考える。成功した場合にこそ、もっと大切な事があるのだと。目前の課題が何故解決に至ったのか?真の要因を理解する姿勢が必要だ。成功事例を分析し、組織、システム、ノウハウ、業務姿勢、人材育成に反映させねばならない。それを個人のミラクルプレーで収めてしまっては決してならない。めでたしめでたしで終わるのは、その場の状況に流される愚か者の所業だ。次に難題と対峙した際には、上手く行かないこと請け合いである。

今回の顛末に至った原因は、ひとえにこの開発プロジェクトに製品視点が欠落していた点にある。その要因として、開発プロジェクトに当初からナビ製品形態の根源を知る者が、誰一人参画していないからだ。その底流にあるのは、この会社の車載ナビ技術部が根本的に機構屋、中でも私のような板金屋を軽く見ていた体質に尽きる。であるからこそ、今回のような無様な始末になったのだ。何故なら計画図を引くことで、製品形態に関し最も考えを巡らせるのは、機構設計者なのだ。私の目から見れば、当時の回路設計は誰でも出来た。ソフトに至っては、客先の仕様通り画面をデザインするだけの作業と化していた。私個人としては機構設計こそが製品形態に影響を及ぼす、最もクリエイティブな仕事だと認識していたのだ。

〈量産設計マネージャー編〉

ここからが本書の本題である。序章にて述べた開発室での活動に勤しむ前のこと、量産設計のマネージャーであった時代のお話である。序章にて御披露した通り、必要とあらば御偉方の意向にも逆らってしまうこの私の人となりを踏まえ、御堪能願いたい。

車載電装品の総合部品メーカーである大和天創（ヤマトテンソー、通称：テンソー）にて、私は車載ナビゲーション製品のハード設計に従事していた。ナビ製品の特質？から、主に電気系の設計人員ばかりが多数配属され主流を占めていた。そんな中で自身の専攻の妙から、私は珍しく機構設計を生業としていた。実態は電気屋ばかりで、機構設計の出来る人材が存在しなかった内情にも起因する。見兼ねた自分は、担当の頃から率先して機構設計を選択していた。そう上司に機構屋が全く存在しない中、見よう見まねの我流で、自ら機械図面を描いていた。そうした経緯の中、私は自他共に認める機構屋となっていた。

第1章　量産直前の不具合で絶体絶命のピンチを回避した件

当時の車載ナビ技術部では、各製品設計課に分散していた少数の機構屋が集められ、機構設計課が結成された。目的は少ない設計人材を有効活用する為である。機構設計とは別に、回路設計や検査関係など各分野に特化した設計課が新設された。これらとは別に、客先および製品形態ごとの製品担当課が配置され、客先対応や製品性能および信頼性評価に専念した。そしてこれは、私がナビECUとオーディオナビ一体機を担当するナビ機構設計課長をしていた際の出来事である。先ずは量産設計に追われる中、大切な部下やお世話になった仕入先との関わりをご覧いただこう。

量産直前の緊急対策

ある日の夕方、内製設計のナビECU板金ケースの内側に貼り付ける絶縁シートの形状に、不具合が見つかった。このままでは内部の回路基板とショートする可能性すらある。該当する製品はもう流動間近で、製造ラインでの部品準備も完了している。設計担当の大原君は急いで部品図面を修正し、課長の私に相談に来た。

私「シートなら簡易なトムソン型だから、3日ぐらいで何とかなる。すぐメーカーに連絡して修正品を手配してくれ。月産1千台だから2千枚も有れば十分だ。設計支給して現場の旧品と差し替えよう。」

絶縁シートメーカーの草香（くさか）製作所に図面をFAXし、大原君はすぐに電話した。

（電話で交渉しながら）大原君「鷹騒さん!1草香製作所さんは、1週間掛かるそうです。」

「特急なら3日も有れば十分な筈だが、変だな!?」と思いつつ、机の卓上カレンダーを見た。来月から流動予定の製品で、今日はもう月末だ。1週間後となれば来月の稼働日5日目で…と頭の中で計算していたら、メーカーの窓口担当者の気持ちに想いが至った。…


来月の稼働日5日目になれば、テンソーから再来月分の正式発注が出される。絶縁シートの設計変更を1週間粘れば、来月と再来月の2か月分合計2千枚の在庫を引き取ってもらえる。過去に購買部門の担当から聞いた情報である。テンソーでは正式発注は翌月分、それとは別に生産計画として3ヶ月先までの仮内示が仕入先に提示される。何かあってもテンソーの責任で引き取るのは、正式発注分だけである。

今回の製品は月産1千台だから、来月1千枚、再来月1千枚、その次は1千5百枚ぐらいで仮内示されている筈だ。それに基づき草香製作所は、3千5百枚を作ってしまい在庫を持っているのだろう。まあ気持ちは分かる。絶縁シートを型で抜いて両面テープを貼るだけならば、3千5百枚でも半日仕事だろう。それを毎月1千枚づつ作っていたら、段取りを考えると全く生産性が上がらない。しかもシートなら重ねて置けば、保管しても嵩張らない。

この辺がトヨタマ部材調達様式のケチ臭いところだ。台与珠（とよたま）自動車（通称：トヨタマ）系の全部品メーカーが、有無を言わさず採用している。コストダウンで生産性を上げろ!1と要求する割りには、日々必要な分だけ持って来いと言う。我々テンソーも含めて、部品メーカーは皆苦労しているのでよく分かる。特に小物部品のネジ屋やシート屋は尚更だろう。

この間約10秒。文章にすると長いが、私はイメージで物事を把握するタイプなので一瞬だ。設計担当の頃から関係部署で聞きかじった知識が結実し、課長になった今になり漸く気付けた仕入先の切実な事情である。そして即座に大原君に指示を出した。

私「メーカーさんに在庫の枚数を聞いてくれ!1…それで3千枚か4千枚なら設計で買い取ると言ってくれ!1」**もうこの際、何でもするぞ!1**

大原君「そんなことして良いんですか？」予算の心配してくれてたのか?まじめな担当者だ。

私「部品コストは1枚いくらぐらいだい？」認識を合わせるべく、敢えて問い掛けた。

大原君「100円ぐらいと思いますが…」まあ大体そんなもんだ。

私「だろう？3千枚でも30万円。大丈夫だよ!1うちの課がいくら予算持ってると思う？3億円以上あるんだ、何とかなるよ。それに課長で決裁できる金額だ…」この程度、俺に任せとけ!1

大原君はすぐに電話相手に在庫を聞き返した。草香製作所の担当者は、納期を渋ったら即座に在庫を聞かれ、まるで心を見透かされた気持ちにでもなったのか、正確な枚数を即答した。

大原君「草香製作所さんは、3千5百枚あるそうです…」これは課長に対する最終確認だ。

私「予想どおりだ。手持ちの在庫全て設計で買い取りますので、修正品の納期もう少し何とかなりませんかと交渉してくれ。いいか大原君、丁寧に、丁寧に頼むんだぞ!2」もう後が無い!1

　失礼な話だが私の認識では、草香製作所は町工場である。だが会社の力関係で無理やりねじ込むのは自分の流儀ではない。…これを受けねば当社との取引に影響が出るぞ!1の雰囲気で、遠回しに脅しを掛け無理を通す人を、過去何度か見てきた。それよりも相手が渋ってる原因を取り除き、誠意を持ってお願いするのが人の道である。私は零細なメーカーほど腰を低く対応することを心掛けている。大原君もその想いを理解しているらしく、それは丁寧に依頼した。

　どうやら草香製作所の担当者は、在庫を買い取るなどと言われたのは初めてらしく、恐らく「そんな無茶してもらって、良いんですか!1」とでも、聞き返してきたと思う。咄嗟の際だが大原君の返答がまた素晴しい。

大原君「大丈夫です!1うちの課長が買えと言っております!2」**これで発注承認まで確約だ。**

大原君「明日の昼までにはお持ちします…と、草香製作所さんが言ってます。…」

今しがた1週間掛かると言ったのが、明日の昼である。しかも今はもう定時過ぎだ。さすがに私も驚いた。電話している大原君もびっくりしている。

私「お礼を言って、すぐにお願いしてくれ!1」**もう信じて、お願いするしかない!1**

メーカーの誠意ある行動とそれへの対応

そして翌日、さらに驚かされた。大原君は朝から設計変更の手続書類を用意し準備万端だ。製造部までは車で1時間、昼までに届いて果たして間に合うか?…と気を揉んでいるところに電話が入った。

大原君「草香製作所さん、もう来たそうです!1」**設計フロアのある本社の面会所からだ。**

私「え!1まだ10時半だぞ!1早過ぎだろう!1…大原君、すぐにお礼言ってもらってきてくれ…」

修正部品を受け取り、すぐにチェックを済ませ、大原君は出発しようとした。今からなら製造部に着くのは、ちょうど昼だ。生産管理に頼んで製造現場の昼休み中に部品の差し替えが可能である。と言っても、実際に現場まで持って行くのは大原君本人なのだが…。

私「今からだとちょうど昼休みだ。生産管理さんに頭下げて部品を差し替えてもらってくれ。

でもそうすると大原君の昼休みが無くなる。終わったら13時過ぎても良いから、昼休み取って飯を食えよ!1」

子供じゃ無いんだからと言わんばかりに、大原君は苦笑いしている。でも大原君が飯も食わずに働いている時に、俺は飯食って昼休み取るんだよ。言っておきたいんだ!1分かってくれよ!1

大原君を送り出した後、改めて今回の経緯を振り返った。前日の定時後に依頼して、10時半は幾らなんでも早過ぎる。草香製作所が一体どうしたのか?その段取りを想像してみた。…

仕事を受けたのは昨日の定時後だ。絶縁シートを打ち抜くトムソン型は、自社製作である。きっと定時後に帰ろうとしている型屋さんを呼び止めている。型屋さんは、トムソン型の修正を行うだけでなく、試し打ちをして修正初品の寸法チェックまで済ませる。さすがに徹夜まではしていないだろうが、深夜まで仕事してくれただろう。翌日も朝早く出勤して、責任持って生産ラインに引継ぎした筈だ。生産ラインでも、工場が始まる朝8時から絶縁シート2千枚の型抜きを行い、9時からは作業者が手作業で両面テープを貼り付ける。簡単な出荷検査を行い窓口担当者が文字通り抱えて持ってくる。同じ市内の工場とは言えども10時半に届かせるにはそれ以外には有り得ない。

仕入先の生産ラインだって、日々行う作業は生産計画に基づき事前に決まっている。それらを全部押し退けて、我々の修正品を最優先してくれたのである。明日の昼までとの約束なのに10時半、我々が製造現場で昼休みに部品差し替える段取りまで配慮してくれたのかと思うと、胸にグッと込み上げてくるものがあった。

そして10年前のトムソン型公差シールの件を思い出した。本書では割愛した設計者時代のお話だ。確かあの時、草香製作所に随分感謝されたなあ〜。そのこと覚えとったのかな?まあ今回の対応は、それ以外考えられんな。そうか!1大原君が「課長が買えと言っております!2」と言った際、草香製作所の担当者は、驚いて図面の承認印を見たんだ。俺の名前は珍しいから、思い出してくれたのか?町工場だから窓口担当が同じ人なら「あ!1この人の仕事はやらないかん!1」と感じてくれたのか?もしそうならこんなに嬉しいことはない。…などと勝手な想像を巡らせていたら、思わず目の奥が熱くなった。

夕方16時頃、大原君が帰って来た。製造部で挨拶回りをしたとしても、充分昼休みも取れただろう。緊急の連絡も無かったので、恐らく上手くいったに違いない。先ずは報告を求めた。

大原君「鷹騒さん、ギリギリ間に合いました。現場の班長に聞いたら、昼から組み付け始めるところだったそうです。それで『設計さん、凄いタイミングですね!1』と言われましたよ。」

私「そうか!1それはヤバかったな。もし組み付けが始まっていたら現場で組み直しになって、品質保証部門まで出てきて大事だった。全く寿命が縮まったよ。昨日の今日で本当に過去最短スピードだ。こんなこともあるんだな…俺も初めてだよ!1」正に絶体絶命のピンチだった。

大原君も胸を撫で下ろしている。現場で組み直しになれば、製造部に迷惑を掛けたことになり、事業部の品質保証部門がお出ましになる。すると、絶縁シートの修正は本当にそれで良いのか!1寸法公差の検証はやったのか!1他製品で同様のミスは無いのか?総点検せよ!2……となる。室長や部長からは厳重注意され、ナビ品質定例会議では吊し上げられ、横展開され忙しい余所の設計担当にまで累が及ぶかも知れない。過去あまりにも多忙な時期に、不具合で何度も同じ目に遭い、その都度悪循環を起こしている。

私「大原君、昨日から大変だったな。君は今日、定時に帰ってゆっくり休めよ。」

大原君「鷹騒さんはどうするんですか?」課長の心配までしてくれる。彼の良いところだ。

私「俺も今日は早く帰るよ。課長が定時ではカッコ悪いので、18時頃こそっと消えるぞ…」

やれやれこれで一段落、でも最後にもう一つ残っている。ここが上司として腕の見せ所だ。

私「でもね、最後に大原君にもう一つだけお願いしたい仕事があるんだ。…昨日、草香製作所さんの在庫を買い取ると言っただろう。．でも、あれはただの口約束だ。ここまでしてくれたメーカーの担当者に：『あれは本当に買ってもらえるのかな：？』なんて、一瞬でも心配させてはいけない。我々も誠意を見せなくてはダメだ!?今から旧品の在庫3千5百枚の発注伝票を発行してくれ。すぐに承認印を押すから、発注伝票ナンバーをメーカーにFAXして欲しい。購買から仕入先に発注伝票が届くのに、正式ルートでは1週間は掛かるからね。」

大原君「あ!!確かにそうですね。すぐやります!?」**私の配慮を完全に理解している。**伝票ナンバーをFAXする際、草香製作所にお礼を言ってくれるに違いない。そう確信した。

この話には続きがある。1週間後、草香製作所が旧品の在庫3千5百枚を納めてきた。

大原君「鷹騒さん、これどうします。もう使えないから捨てましょうか?」

私「そのうちまた使う時が来るから、実験室に大事に保管しといてくれ…」

全くもって物持ちが良い。でもこの後、本当に役立つ時がやってきた。

奔走する元部下への助太刀

この出来事から約1年後のことである。隣のディスプレイ機構設計課が、午後から全員不穏な空気で慌ただしく騒いでいる。中でも元部下の藤森君が血相を変えて駆けずり回っている。その様子から「製造現場で、何か余っ程の大きな不具合があったな…」と直感した。

隣の睦谷課長は気合根性の体育会系で、理論派の私とは特に反りが合わない。ディスプレイ部隊の出身で文化も異なる。その上、同期で昇進のライバル関係であるのも問題だ。喧嘩している訳ではないが、互いに少し苦手意識を持ち全く交流も無い。当然の如く、何があったかの情報は入って来ない。

定時後の休み時間、さすがに睦谷課長もタバコ休憩。課のメンバーもお茶休憩？席を外している。そんな中、藤森君だけが一人悲壮な表情で仕事していた。今がチャンスだ!1とばかりに声を掛けた。


私「藤森君、ちょっと来い!1」大変な時だが元部下だ。藤森君はすぐに私の席まで来た。

私「何かあったのか？」睦谷課長と反り合わない私の質問に、藤森君は答え辛そうだ。

藤森君「ＤＶＤデッキでちょっと…」その一言で全てを理解し、言葉を遮った。

私「それ以上、言わなくていい!1ＤＶＤデッキで何かあったとすると：今日明日なら、取り敢えずはシートで何とかするしかないな…」結構適当であるが、緊急対策ならこんなものだ。

藤森君「でもそんな都合よくシートなんか無いんですよ!2」やっぱりシートが必要なんだ。

私「あるよ!1これぐらいの大きさでな、何と両面テープ付だぞ!1」両手で大きさを示した。

私「はさみで切って使えば、必要な部品取れるんじゃないか？俺はよく分からんけど…」

藤森君「どのくらいあるんですか?!」余程困ってるのだ。やっぱり製造現場の緊急対策だ。

私「何と3千5百枚あるんだ!1 1年前の量産品だから両面テープもまだへたって無いぞ…」

藤森君「それ、分けていただけるんですか?!…」敢えて答えず、大原君を呼んだ。

私「大原君ちょっと…1年前のあのシート3千5百枚まだあるよねえ。藤森君が困っとるみたいだから分けてあげてよ。図面も一緒にね…」隣の雰囲気から、大原君も全て察したらしい。

大原君「分かりました。藤森さん、今から実験室一緒に行きましょう!1」もう即行である。

私が前面に出ると、藤森君が元課長に泣きついた形になる。反りの合わない睦谷課長は面白くなかろう。何より藤森君が睦谷課長に対し立場が悪くなるだろう。信頼関係の問題だ。ここはナビ機構設計課で、かつて机を並べて仕事をしていた大原君と藤森君の関係で解決した格好にしておこう。その後、支給したシートを加工し何とかしたようだ。その証拠にシートは1枚も返って来なかった。


この1週間後である。席の脇のミーティング机で、睦谷課長と大谷室長そして部長が密談?をしていた。聞こえるかどうかのヒソヒソ話だ。ああやっぱり製造現場での大不具合だ。部長まで話上がったとは、余程の大問題だったのだ。でもギリギリ誤魔化したから、後ろめたさでコソコソ話しとるんだ。

部長「それにしても、お前らよくあんな部品あったたな～」恐らく当課が支給したシートだ。

睦谷課長「たまたま!1」思わずずっこけた。せめて鷹騒さんの課から貰いましたと言えよ!1

私に助けてもらったとは絶対に言いたくないのだ。全く情けない奴だと呆れてしまった。

その後の経緯と総括

この後睦谷課長は、ナビ機構設計課を引き継いだ。私が次期モデルを先行開発する開発室に異動したシフト人事だ。暫くしたある日、藤森君が少し離れた私の席までやって来た。

藤森君「鷹騒さ〜ん、最近うちの機構設計グループは不具合続きで…、室の全体ミーティングで大谷室長から…『鷹騒課長の頃はこんなこと無かったぞ!1機構グループは弛んどるんじゃないか!1』と、叱られてしまいました。…」然もありなん。まあ少なからず予想はしていた。

私「大谷さん、どうして俺の名前出すんだ。恨まれちゃうじゃないか…」全くいい迷惑だ。

室全員の前で、前課長の名前を出して注意したら、現課長が悪いと公言しているに等しい。睦谷課長の立場が無いだろう。そうでなくとも反りが合わないのに、これ以上やめてくれよ。次期モデル開発したら、それを量産担うナビ機構設計課に引き継ぐんだぞ!1俺は仕事を円滑に進めたいんだ!1大谷室長も睦谷課長に不満あるなら、個別に呼んで1対1で注意するべきだ。願わくは…「困ったら鷹騒君にも相談してみろよ…」と助言して欲しい。聞かれればいつでも力になるのに…。

大谷さんも問題が起きたなら、この俺を呼べば良い。同じフロアに居るんだから…。過去の経緯説明も含めて、幾らでも知恵を出してやるよ。俺は参謀タイプなんだ!1その意見も参考にした上で、正規のマネージャーが決断すれば良い。

かつて技術研究部から電気グループごと異動し、車載ナビ事業部を結成した頃だ。量産経験も無く設計の仕方も知らず担当に全て丸投げしていた昔の上司共に比べたら、睦谷課長だって立派なものだ。量産設計していたらトラブルは起こるものなのだ。数年後になるが、睦谷課長は本人の希望か不明だがサービス部門に異動した。彼のキャラクターなら、量産設計の経験ある課長として大いに力を発揮するだろう。技術系の中にも設計に向かない人は存在する。だが会社の業務は多種多様だ。様々な部門でそれぞれの役割を果たしているからこそ、我々技術部が設計業務に専念できるのだ。

前述の如く、私が課長の頃もしょっちゅう不具合は起こっていた。でも私の技量と才覚で何とか押さえ込んでいたのだ。それも誰かに教えてもらった訳では無い。そもそも設計も仕事のやり方も、私は教わった記憶が無い。担当の頃から自分で考え判断し、独自に積み上げてきたものだ。詳細は設計者時代の話であり、本書においてその経緯は省くが、見様見真似で学ぶ先人すら居なかったのだ。それを別の課長に同じようにやれなんて土台無理な話である。居なくなった時に初めてその人の価値が分かるものだ。大谷室長も理解してもらいたい。俺の代わりはいないんだよ。今まで随分楽をしてきただろう。今後はその分、室長のあなたが頑張るのが普通だよ。

ティータイム1　語るも恥のパン食問題

ある日の定時後、月1回開かれる技術室の全体ミーティングのことである。当時は大谷室長の下、我々のナビ機構設計課、ナビ回路設計課、オーディオ一体機の製品担当課など、かなり大きな室であったと記憶している。定時後ということもあり、室の全メンバーが昼間の仕事中よりリラックスして会議室に座っていた。普段の定例の連絡事項に加え、室長が口を開いた。大谷室長「実は室長会議で話題になったんだが、設計フロアの席で、パンを食べるのが行儀が悪いということなんだ。それで一応、各室のミーティングでも話し合えということになった。みんな意見があったら言ってくれ…」**一瞬耳を疑った。偉い奴集って何とろい話しとんだ!1**

室長会議とは、部長と室長だけの会議で、車載ナビ技術部内の最高決議機関である。当時の部長は、全社の技術研究部から移籍してきた腰掛け部長である。就任した途端に「俺は室長としか話をしない!1」と宣言した人だ。課長であった私でも、今となっては名前も思い出せない程度の存在だ。

真っ先に想像した。どうせ現場のことを何も知らないあの部長が、設計業務のことが何も分からず思い付きで口走ったんだろう。そう言えば先日、部長席の真ん前で設計担当の誰かが、昼休み後に自席でパン食っとったなあ。あれを見て、ちょっと癇に触ったんだ…と。

上からのお達しに萎縮し、室の皆は意見も無く口を噤んでいた。私は焦った。このままでは設計フロアの自席で、パンを食うのが禁止になってしまうではないか!1俺だって毎朝自席で朝飯代わりにパンを食っている。これでは俺まで朝飯抜きになってしまうではないか!1これは俺への嫌がらせか…と、被害妄想気味の私は勘繰ってしまった。それ以前に、最近ようやく業務が安定してきた部内のモチベーションが下がるではないか。これは何とかしなければならん!1

自他共に利害が一致してしまい、気持ちのままに口を開いた。

私「そのパン食ってるのって、仕事時間中なんですかねえ～？」**軽く室長にジャブを打った。**

大谷室長「よく分からんけど…、休み時間中かもしれんなあ～」**大谷さんも乗り気じゃない。**

私「休み時間なら良いんじゃないの？大体うちには残業パン制度があって、製造現場では2時間以上残業する人にはパン支給されるんだよ。昔は設計でも残業する人は申請してパン貰ってたんだよ。最近なくなったけど、みんな知っとるか？…」**先ずは会社の制度で正当化主張だ。**

大谷さんも変だと思いながら話しているんだ。ここは俺が皆を代表して反論しよう。

私「自分の席でパンを食うぐらい何がいかんのだ!1パンを食ってるのには理由があるんだよ。その人は、きっと事情があって飯が食えなかったんだ。…」**さあいよいよ反撃開始だ。**

具体的な例も挙げておこう。先ずは一番効果的な事例を出そう。これは切り札だ!1
私「例えば、設計で不具合があった時、製造現場で部品の差し替えがあるよねえ。あれ昼休みが一番やり易いんだよ。生産ラインが動いている時はやり難いんだ。だからラインが止まってる昼休みが良いんだよ。それで設計担当者は手続き書類を持って、昼休みに製造部まで行くんだ。生産管理の人も昼休みなのに端末叩いて処理してくれて：『現場の何処其処ですよ：』て教えてくれるんだ。差し替え部品を持って現場に行くと、現場の班長さんは昼休みなのに嫌な顔一つせずに『設計さん大変ですねー』て対応してくれるんだよ。設計担当者は行くとこ行くとこ『すいませーん!1』て頭を下げて回ってくるんだ。そんなことしとったら、担当者は昼飯食う暇なんて無いんだよ!1」**担当時代の実体験だ。**

次に、最もありそうな一般事例も紹介しておこう。さらにアピールだ!1
私「仕入先と面会所で打合せする時でも、昼12時ギリギリに終わりましたとしよう。部長や室長の役職者は『あー終わった終わったー』て、昼飯を食いに行けば良いんだよ。だけど担当者はそうはいかない。会議室を片付けにゃならんし、重たいプロジェクター担いで、昼飯軍団の大行列かき分けて、設計フロアまで戻って来るんだ。そうなるともう食堂には出遅れてしまって…『まあ売店でパンでも買うか!?』となってしまうんだよ。重役食堂でゆっくり昼飯食える人達とは違うんだよ!1」

　そして自分の都合も潔く話しておこう。皆に分かってもらいたい。

私「実は僕も、朝飯代わりにパン食べているんだ。僕はちょっと胃腸が弱いのか、朝起きてすぐ飯が食えないんだ。1時間くらいは無理で、子供の頃からずっとそう。仕方が無いから朝会社来てから、売店とかコンビニで買ったパンを食べているんだ。僕は最近朝早くて7時半には来ているんだけど、一応課長だからその辺は気を使って、8時25分の休み時間から始業時間の8時40分までに食べ終えるようにしているんだよ。だからパンが禁止になると、僕は朝飯が食えなくなってしまうんだよ。」

　まともな説明はこんなとこだろう。大谷さんはもう理解しているだろうし、室の皆も文句は言うまい。だが、こんな話を降ろしてくる室長会の血の巡りの悪い奴らには、まだ足りない。決定打が必要だ。そうだ!1部長も室長連中も、皆ヘビースモーカーだったな。今からお前らの弱点を衝いてやる〜!2

私「こんなことは、僕は本!1当ーに言いたくないんだよ!1言いたくないんだけど言うよ。」

念の入った前置きの後、このパン食問題の矛盾点を突きつけた。
私「休み時間にパンを食うのがダメなら、仕事時間中にタバコ吸ってる奴ら、あれは一体どうなるのよ!1」**どうだ!1これは絶対効くだろう。**
部長もタバコ部屋に通い詰めだ。もっと具体的に抉ってやるぞ~!2
私「僕だってね、仕事中トイレぐらいは行くよ。午前中1回、午後2回ぐらいかな…。それでタバコ部屋の前を通ると、いっつも10人以上で一杯だよ。あそこは隣のインパネ技術部と共同だって言いたいだろう。でも僕の見る限り知らない顔は2~3人だよ。隣の技術部の人達は行儀が良いんだ。大体はうちの技術部の知った顔だよ。車載ナビ技術部は凄く行儀が悪いんだ。本当に目に余るよ!1」**恐らく喫煙者達にも自覚あるだろう。**

ここまで話したら、喫煙者の中からも賛同の声が上がった。同じ機構設計課の役職者だ。

宮崎課長「確かに鷹騒さんの言うとおり、俺たちもちょっと気を付けないかんなあ~」

この人は道理の分かる人物だ。短い間だが共に仕事した際は、頼りにしていた。

だがヘビースモーカーの代表とも言える電気屋の役職者が、反論してきた。

茸市課長「タバコ部屋でも大事な話してるんだよ!1」**待ってました。その反論は予測済みだ。**

私「茸市さん!1そんなこと言っとるから『大事なことは全部タバコ部屋で決まってる!1…』て

言われるんだよ。納得のいかない事が決まった時、以前ある担当が呟いてたんだ。彼も僕に向かって言ったんじゃないんだよ。周囲に誰も居ない時に、一人で机の下に向かって吐き出してたんだ。僕がたまたま後ろを通って『それ茸市さんと大谷さんのことだろう：』て言ったら、本人は驚いて『分かりますか？』て。僕も『そんなの分かるよ～』てね。その子は今ここには居らん。だけどね、タバコ吸わない人からはそう見えるんだよ。大体そんなに大事な話なら、ミーティング机にタバコを吸う人も吸わない人も関係者を全員集めて、ちゃんと話して欲しいんだよ。それがさあー、タバコの匂いプンプンさせながらダー走ってきて、いきなり『こういう風に決まったからー』なんて頭ごなしに言われたら、相手は『チクショー!1』となってしまうんだよ…」**思い当たる節のある担当は、下を向いて笑いを堪えていた。**

ここから先は、私の妄想で本当に話したかも記憶が曖昧だ。でもここでは書いておこう。

私「一日8時間なら、タバコ部屋がいつも10人として80時間だ。うちの技術員が100人として、女性はタバコ吸わないから、タバコを吸うのは男の半分で40人としよう。80時間を40人で割ったら、一人2時間。午前中1時間、午後1時間かよ。タバコ吸わない人はその間もずっと働いとるんだよ。全く：タバコ吸う人と吸わない人で、俺は基本給を変えて欲しいぐらいなんだよ!1」**エンジニアの概算だ。**

さあ、いよいよタバコの件はこの辺でまとめて、けりを付けよう。

私「こんなこと言うとタバコ吸ってる奴らから恨まれるので、本!1当ーは言いたくないんだ。でも俺も朝飯食えなくなるし、まあ売られた喧嘩は買わにゃならんので言いますよ。」
いよいよここで交換条件だ。俺が朝飯抜きなら、お前らのタバコも禁止してやる!1
私「休み時間にパンを食うのがダメだ!1と言うなら、仕事時間中のタバコも禁止してくれ!2」

本題の自席でのパン食の話に戻そう。お客さまの不具合解析手法で追い詰めてやる。
私「トヨタマでは不具合が起きた時に『なぜ何を5回やれ!1…』て言われるよねえ。今やってみるよ…『なぜその人はパンを食っているの?それは昼飯が食えなかったから!1』:『なぜ昼飯が食えなかったの?それは不具合が起きたから!1』:『なぜ不具合が起きたの?課長がだらしないから!1』ちゃんと図面のチェックが出来ていないんだよ!1『なぜ課長がだらしないの?室長がたるいから!1』:『なぜ室長がたるいの?部長がダメだから!1』…という具合に、5回やると大体は部長まで届くんだよ。だから設計フロアでパンを食っとるのは、実は部長の所為になるんだよ…」**指を折りしながら、話しをした。**
よし!1もうそろそろクライマックスだ。この辺で量産設計のマネージャーとして、この俺との格の違いを諭してやろう。と同時に「パン食は休み時間に…」の逃げ道も塞いでやる!1
私「よしんば、パンを食ってたのが仕事時間中だったとしてもだよ。もし僕の部下が昼休み終わって仕事時間中にパン食っとったら、僕は課長として…『申し訳ないなー』て思うんだよ。課長が見てれば分かるんだよ。あーこの子は、仕入先との打合せが延びて…とか、現場に部品差し替えに行ってきて…とか。…まあね、昼休みに他事で遊んどって時間中にパン食っとったら、それは課長が注意すれば良いんだよ…『ちゃんと昼休みに食堂で食え!1』てね。でも僕が知る限り、そんな子は居らん!2みんな一生懸命忙しく仕事しとるんだよ。それを一体何？……『行儀が悪い!?』だって、もう勘弁してくれよー!4」**もう俺のコスモも大爆裂だ!2**

まあこの辺にしてやって、最後に落とし所を示そう。大谷さん、これが落ちだ!1

私「僕は知らんけど、もし部長がね、思わずそんなことを口走ったとしてもだよ。大谷さんも詐偽沼さんも皆ベテランじゃん。僕が今言ったみたいに『何考えとるんだー!1』て言い方じゃあなくってね…『いやー部長、仕事忙しくて昼飯食えない場合があるんですよ。申し訳ないけど、ちょっとぐらいのことは見逃してやって下さいよ!1』て、室長全員で頭下げて頼んだら、部長だって…鬼じゃあないんだから『まあそうか!1担当が昼飯ちゃんと食えるように配慮してやれよ…』て、良い話になる筈じゃあないですか？…それが何で、こんな話が俺たちのところまで降りてくるのよ!1頼みますよ、大谷さん!1仕事して下さいよ!1」**笑いながら問い掛けた。**

大谷室長「分かった!1鷹騒君が話したみたいに、部長に言っとくわ!2」**大谷さんも笑ってた。**

技術室の全員は定時後のリラックスする中、私の自己完結の独演会を楽しく聞いてくれた。あたかも子供の頃テレビで観た、関西お笑い演劇にいた不世出の大物芸人が演ずるアホ役が、最後に殿やお付の家来共に向かって、人の道を諭す場面の様であったと自信を持っている。

パン問題は二度と言われなくなった。だがそれとは別に、部内に喫煙についてお達しが出された。目安は「午前中1回午後1回、喫煙は10分程度…」であった。製造現場の休憩時間に合わせた形だ。誠に適正ではあるが、私はまたヘビースモーカー達から恨まれる破目になった。俺は売られた喧嘩を買っただけなのに、全く損な役回りだとまたも嘆息を漏らした。

この後、各室で話し合われた影響から、業務時間中のパン食はそれなりに行儀良くなった。喫煙室の混雑は一時的にガラガラになったが、2ヶ月もするともう元の木阿弥になっていた。全く喫煙者という者は、我慢の出来ない奴らだと呆れ返ってしまった。

日本の他の企業も喫煙は禁止した方が良い。というか喫煙所を廃止してしまえ!1喫煙者は仕事さぼっとるぞ。非喫煙者と比較して誠に不公平だ。タバコは家で好きなだけ吸い給えよ。…

第2章　エンジニアの信念と技量でコンペチタの信頼を掴んだ件

当時の大和天創（通称：テンソー）では、前章に記載した内製設計のナビECUとは別に、オーディオメーカーと協業するオーディオナビ一体機を製品化していた。これは車載ナビ技術部のナビ機構設計課長として、オーディオメーカー各社に機構設計をお任せしていた際の極めて印象的なトピックである。アライアンスの妙とは言え、文化の異なるオーディオメーカーとの協業設計に迫られた。その際コンペチタでもある相手方エンジニアとの信頼関係について、如何にして醸成したかを味わって欲しい。

オーディオメーカーとの協業の経緯

当時のナビ製品は標準装着には程遠く、メーカー直納で工場装着するメーカーオプション、ディーラーで追加装備するディーラーオプション、市販のアフターマーケット品が入り乱れていた。テンソーはメーカーオプションが主流で、高級車のインパネ専用ディスプレイと別体のナビECUを設計していた。対してオーディオメーカー各社は、ミドルクラスの中級車向けのディーラーオプションを中心に反撃に出た。汎用ディスプレイのオーディオナビ一体機を開発して対抗してきたのだ。

決め手はディスプレイ可動機構だ。簡単に説明すると、先ず2DINの本体前面に配置されたタッチパネル付き液晶の汎用ディスプレイ、対してその後ろの製品本体に内蔵された音楽CDや地図DVDのディスク挿排口へのアクセスだ。このユーザー操作の両立を、ディスプレイ可動機構を装備する事で可能にしたのだ。具体的には、可動機構にてディスプレイを倒せば、音楽CD及び地図DVDの交換が容易に行える。加えてこの可動機構は、液晶の視野角を調節する汎用ディスプレイの角度調節機能も兼ねていた。ディーラーオプション中心の汎用機には必然とも思えた。正に製品形態のブレイクスルー、美しい技術革新であった。

当然インパネのオーディオ類取り付けスペースであるセンターコンソール内で、オーディオメーカー各社との陣取り合戦になっていた。と言いながら実態はもっと複雑である。主な原因はナビのソフト開発に莫大な人員が必要となる為だ。多機能化により年々その規模は増大し、オーディオメーカー単体では開発に限界が生じていた。そのため、例えばオーディオメーカーの叢雲（むらくも）電機（通称：ムラ雲）には、ディーラーオプション向けにテンソーがソフトも含めナビ回路基板を供給していた。その逆に、ムラ雲が完成させたオーディオナビ一体機を、テンソーがメーカーオプションとして車両メーカーに直納するケースも生じた。また別枠で、テンソーは海外メーカー向けに市販のオーディオメーカーである賢木（さかき）通工（通称：サカキ）と協業したりと、正に苦心惨憺していた。

その一方で当然のことながら車両メーカーでは、インパネデザインにフィットした専用ディスプレイのオーディオナビ一体機のニーズが高まりつつあった。ディスプレイ周囲の隙間が大きい汎用ディスプレイに対し、隙間の小さい専用ディスプレイには新規の可動機構が必要となる。当時の台与珠（とよたま）自動車（通称：トヨタマ）からは、既にオーディオナビ一体機にてディスプレイ可動機構を設計する叢雲電機と葛城（かつらぎ）電産（通称：葛城）に対し「水平スライドメカ」の名称で開発要請が出ていた。

そんな中、海外車両メーカーのゼウスモータース（通称：ZM）から専用ディスプレイでのオーディオナビ一体機の引き合いがあった。ZMの対象車両では、オーディオは葛城、ナビはテンソーという関係から、葛城とテンソーでコンペとなった。とは言え葛城にはZM向けナビソフトを開発する余力は無いらしく、ナビ部分についてはソフトも含め、ナビ回路基板としてテンソーに2次見積りが来た。対してオーディオ部分の設計が全く出来ず開発リソース不足のテンソーは、ナビ回路基板以外の全てについてオーディオメーカーのムラ雲、サカキ、葛城に2次見積りを依頼していた。

コンペの結果は、製品を受注しようと飛び降りたテンソーが勝った。しかし問題はテンソーがオーディオメーカーに出した見積りを、葛城電産が受注したことである。どうやらZM向けオーディオの商権を失うことを恐れた葛城の営業が、適正価格を提示したらしい。対してムラ雲とサカキは、忙しくてやりたくない見積り価格であった模様だ。

困ったのは我々ナビ機構設計課だ。ZMから受注したからには、オーディオメーカーが設計する製品機構全体に責任を持たねばならない。個人的にも大いに不安を感じた。どうして葛城なんだ?!今まで品質問題で苦労したサカキはもう御免だが、トヨタマで一緒にやってるムラ雲なら安心できるのに…、葛城とは初めてだ。しかも今回の見積り競合相手だぞ!1トヨタマでもかつてはナビ製品でコンペチタであった間柄だ。本当に上手くいくのか?…

キックオフ会議で自ら胸襟を開く

困惑する中、キックオフ会議のため製品担当の八田課長と共に葛城本社に向かった。葛城は機構設計の横谷課長と製品全体をまとめる若いリーダーが応対した。その応対に少々違和感を覚えた。なぜ製品関係はマネージャーが姿を見せないのか?…そんな中キックオフ会議では、先ずお互いの腹の探りあいも含め、今回の受注に関し軽い情報交換から始まった。

心配は的中した。葛城の設計部隊も我々テンソー以上に困惑していた。彼らはトヨタマで一緒に仕事をしていて知っている。大和天創なる会社は、とにかく品質にうるさいメーカーだ。

今回その仕入先となって仕事をするのだ。自分達は一体どうなってしまうのか…、その不安がありありと伝わってきた。

葛城リーダー「今回テンソーさんと仕事することになりましたが、会社の文化や仕事の進め方が全く違うと思うので、我々は問題なく仕事していけるのか心配してます…」正直な若者だ。若い製品リーダーは、我々テンソーを警戒しながらも率直に不安を表明した。

切実に思った。このままではダメだ!1仕事を始める以前の問題だ。先ずはテンソーの方から胸襟を開いて話をしなければ何も始まらない。幸い八田課長は私より年嵩で人格者だ。多少行き過ぎても上手く収めてくれるだろう。ここは若輩の自分が思い切って踏み出すべきだ。出し抜けに立ち上がり、テンソー製品設計のマイルストーンと、今回仕入先となった葛城との必要イベントを、簡単なスケジュール表にしてホワイトボードに記載してみせた。そして葛城とのイベントのタイミングを説明した。

私「まずは0次DR、ここで構想設計の是非を判断します。次に1次DR、これは詳細設計を確認し製造部への出図可否を判断します。でもその前に葛城さんとの間で合同DRが必要となります。最後に2次QA、これは製品の出荷可否の最終判断となりますが、この前に葛城さんの工程監査を行います。これが最小限の重要イベントですが、個別の設計DRは必要に応じて葛城の製品リーダーは全力でメモを取っている。本当にこういう話が聞きたかったのか??

適宜行います。…」

　でも表面的な話だけでは、本当の意図は伝わらない。ここは俺流で相手の心を開かせよう。

私「今ホワイトボードに書いたのはTDS、天創デザインスタンダードの略ですが、その基準のさらに上にあるテンソー全社規定の中の量産流動監査規定の内容です。これは最重要機密に指定されているので、紙では出せません!1」これ書いて良いのか?と葛城もビックリだ。

でもどうせ今後一緒に仕事すれば、結果的に葛城にも分かる内容である。今話して何が悪い。

私「私は入社して1年間、何故か事務部門に配属されて、こういう基準を調べる仕事をしていました。その際に、この量産流動監査規定を策定した品質監査部の人から教わったんですが‥

『実はこれ米国航空宇宙局の月面探査計画におけるプロジェクト管理を手本に作ったんだ…』

と嘯いていました…」こんな話、俺しか出来んだろう。普通は全社規定も見たこと無い。

入社当初、エンジニア扱いされなかった黒歴史まで逆手に取り、説明を続けた。

私「その当時に色んな本を調べたんです。品質管理とか信頼性工学とかプロジェクト管理とかデザインレビューなどなど。すると大体同じようなことが書いてあるんですよ‥」本当の話。

私「と言うことはですよ。日本で品質管理をちゃんとやってる名立たるメーカーは、皆さん同じやり方をしていると推察いたしますが、…葛城さんは如何ですか!1」どうだ!2何て答える!?

葛城リーダー「うちも全く同じです!1何だか少し安心しましたー」狙い通り警戒下げてきた。

個別の会社の違いよりも、日本の製造メーカーとしての共通点を見出して連帯感を得たのだ。

私「やっぱり日本のメーカーですから基本は同じですよ。まあ個々のイベントで何をチェックするかは、会社の個性が出ると思うけど…」先ずはこれで充分。後は追々やればOKだ。

エンジニアとして揺るぎ無い想いを語る

キックオフ会議の後、葛城の製品リーダーから酒の席に誘われた。腹を割って話した我々から、もっと本音を聞きたいのだろう。断っては失礼に当たると考え、帰りの新幹線があるので1時間程度ならと了承した。当日は設計部隊の飲み会らしく、バーは葛城社員の貸切状態で盛り上がっていた。その片隅でキックオフ会議の4人は、それは小さな四角いテーブルを囲み、背中を丸め少し場違いに余所余所しく飲み始めた。

もう少し砕けた話になり、お互いの背景が伝わってきた。どうやら機構設計の横谷さんは、課長になったばかり、課長2年目の私より僅かに年下か?製品リーダも若いがしっかりしていて課長昇進1歩手前といったところか?…そうか!1今回は車両メーカーと直接ではなく、間にテンソーを挟んだ2次仕入先の立場となったため、葛城は製品マネージャーが付かないのだ。

この製品リーダーは、面倒臭いテンソーの相手を押し付けられたのだ。思うに昇進前の大事なタイミングで、ちょっと可哀想だなと勝手に同情した。

正面に座っていた若い製品リーダーは、再び不安そうに口を開いた。

葛城リーダー「先程はテンソーさんの設計の進め方をお話くださり、葛城と同じで安心しました。でもやっぱり会社としての考え方が全く違うので、この先上手く仕事進めていけるか心配です。…」まあ、彼としてはそうだろうな。少し弱音を吐いて慰めて欲しいのか？　普通はここで「一緒に頑張りましょうよ!1」となる場面だが、そんな気休めを言っても仕方がない。ここは先程と同じく、酒の力も借りてエンジニアとして本音を伝えよう…「八田さん、ヤバかったら止めてくれよ!1」と思いながら語り始めた。

私「そうですねえー、うちは品質に特にうるさい会社だから、もしかしたらそのうち喧嘩になるかもしれんね。喧嘩になるとしたら、多分品質かコストに関してだよ…。上からね：『もう葛城さんとは口利くな!1』とか『テンソーの仕事なんか止めちまえ!1』なんてことになるかも知れんねえ…」結構ありそうな話を、ざっくばらんにぶちまけた。

葛城リーダー「あーやっぱりそうですかー」追い討ちを掛けられ、項垂れて肩を落とした。

さあ、ここからがこの俺の本領発揮だ。同じ日本のメーカーで働く先輩として、この若者の不安な気持ちを、何とかしてやらないかんな。ここはエンジニアとして揺ぎ無い想いを率直にぶつけてみよう。八田さんの存在を糧に、もう無意識に心のリミッターを外していた。

私「でもね…、僕たちはー!1、会社の偉い人のために仕事しとるんじゃあないんだよ。僕たちはー!1お客さんのために仕事しとるんだよ。だって僕たちの給料、あれは偉い人が払っとる訳じゃあないんだよ。僕たちの給料は、僕たちが一生懸命設計した製品!1ソフトならサービス!1それをお客さん、今回はZMさんに納めて…『これ良いねえ、やっぱりテンソーと葛城さんは凄いねえ〜』と言ってもらう。そしてその対価として、御足を貰って、それが僕たちの給料になっとるんだよ。だから僕たち末端の設計者は、お客さんのこと考えて恥ずかしくない仕事をしとれば良いんだよ!2…!1」余りにも当たり前の話だが、皆は神妙に聞いてる。

若い頃から漠然と抱いていたエンジニアの信念が、この時初めて実体となり湧き出していた。

私「だから、もし上から『仕事止めろー!1』なんて言われて、本当に仕事止めたら大変なことになるよ。喧嘩になっても最後はどっかで手打つんだよ。だってお客さんがあって納期のある仕事なんだから。そんで結局…『やっぱりお前らやれー!1』て話になるんだよ。その時に本当に仕事止めとったら、後で自分たちの首が絞まるよ。そうでなくとも、少ないマンパワーと!2ギリギリの納期でやっとるのに!3…」自分でも呆れるほど得心がいく論理構成だ!1

テンソーも大概忙しいが、見る限り葛城はもっと酷い!1この話は説得力あるだろう。

私「確かにテンソーと葛城さん、会社の考え方違う。でもそういう喧嘩は、偉い人にやらしとけばいいんだよ。それで誰かが腹を括って、どっかからコスト持ってきて、ちょうどいいところで手を打って収めるんだよ。それが彼らの仕事なんだ。だから僕たち下の者は、お客さんのことを考えて一生懸命設計すれば良いんだよ。………」職掌を超える部分を悩んでも仕方ない。

それまで項垂れていた葛城の若いリーダーは、顔を上げて何やら吹っ切れた表情で答えた。

葛城リーダー「そうですね。僕たちはお客さんのこと考えて、仕事すればいいんでね!1」

良かった!1彼はどうやら腹に落ちたようだ。話した甲斐があったと嬉しくなった。

ふと気が付くと、貸切状態で盛り上がっていた葛城の設計部隊の皆が、少し静まっているかに感じられた。いつの間にか私の偉そうな演説に、周りの葛城設計者達が聞き耳を立てているかの雰囲気になっていた模様だ。

酔っ払っていたので記憶は曖昧だが、設計課長として次の考えも表明したと思う。

私「オーディオ部分に関しては、僕は葛城さんのことを全く心配していない。だって葛城さんは、トヨタマをはじめ自動車メーカー各社にオーディオ納めていて何の問題も無いでしょう。他のオーディオメーカーとも付き合いありますけど、例えば前のZM向けモデルで設計をお願いしたサカキさんは、市販中心なのでメーカー直納としては品質には不満がある。実際苦労してる。その点ムラ雲さんはトヨタマ直納もあって、一緒に仕事していて安心です。教わることも多い。その僕の認識では、葛城さんはムラ雲さん同等以上ですよ。だから基本心配していないんです。大体テンソーは、オーディオが出来ないんで葛城さんにお願いしているんですよ。うちの品質保証部門が何か言うかも知れんけど、僕個人としては、葛城さんが会社として自信を持ってびしっと仕事してくれれば、全く問題ないと考えてます。……」これは本気の想い。

たとえ仕入先でも、技術を持つ相手には尊敬の念を持って付き合うのが、私の信条である。

私「我々テンソーも設計はやれること何でもやりますんで、葛城さんも気付いたことは何でも言ってもらって、お互い協力して仕事しましょうよ!1」これは後に私が行動で示すことに…

私「それで次のモデルでは、また正々堂々コンペすれば良いんですよ。次回は葛城さんが勝って、テンソーが『ナビお願いします～』て言っとるかもしれんね～」揉み手しつつ笑った。

ZM向け製品の機構担当を任命

このキックオフから暫く後、私のナビ機構設計課とディスプレイ機構設計課が、車載ナビ技術部の機構設計グループとして机を並べた。課内ミーティングも一緒に行い仲良くなった。

前述した通り、テンソー車載ナビ技術部の内製製品は、ナビ回路基板を搭載するナビECUとは別に、高級車のインパネ専用ディスプレイであった。そのため車載ナビ技術部内にはナビ部隊とディスプレイ部隊が存在していた。それらを統合してより設計効率を向上させる狙いは明らかであった。また機構設計以外にも、回路基板設計や検査関係も統合された。

そして当時のナビ機構設計課では、内製設計のナビECUが下火になり、オーディオナビ一体機が主流になりつつあった。その関係から協業するオーディオメーカーを指導できる機構設計リーダーが足りなかった。課長の私と担当が4人だけなのだ。別のリーダー候補はトヨタマに出向中である。対してディスプレイ機構設計課には係長が3人いるものの、板金設計に通ずる設計担当を欲していた。

そこでディスプレイ機構設計課の武秀課長とも相談し、メンバーのシャッフルを試みた。

私「高級車のディスプレイ、特に樹脂意匠面の設計は素晴らしい。僕には真似できないよ…」

武秀課長「実はディスプレイ担当は板金設計が苦手なんだよ。板金出来る人が欲しいんだ…」

私「オーディオナビ一体機ではオーディオ各社を指導できる設計リーダーが居ない。僕一人ではトヨタマ向けのムラ雲とZM向けのサカキおよび葛城の全部は、とても面倒見切れないよ。特に樹脂意匠関係は全然ダメだ!1うちの足りないマンパワーは外注設計者で埋めるから、ディスプレイ機構の係長クラスを何とか一人貰えないか…?」

互いの利害も一致し、同じ機構設計グループ内でメンバーの配置換えをした。背に腹は代えられずナビ機構担当の藤森君と伊丹君の二人を送り出し、ディスプレイ機構設計の坂本係長を迎えた。武秀さんと同じく坂本君も撤退した携帯技術部からの移籍組で、ディスプレイ部隊の気合根性体質には全く染まっていなかった。武秀さんは本当によく考えていてくれたのだ。

以上の経緯を経て、ZM向けオーディオナビ一体機の機構担当として、ナビ機構設計課で唯一設計リーダーを担える坂本係長を任命した。彼は海外メーカーのディスプレイ製品の経験もあり、私の苦手な樹脂意匠部の設計にも明るい。メカや板金設計が得意な私を上手に補完してくれるだろう。何より彼は仕事に卒が無い。余りにもスマートに仕事を進めるので、目立たなくて困る程だ。武秀さんは「坂本君、仕事出来るのに何故か昇進が遅れてる…」とこぼしていた。きっと葛城電産との窓口としても、期待以上の働きをしてくれるだろう。

量産設計の実務上よくある話であるが、何の問題もなく上手に仕事進めても評価されない。逆に問題起こし、汗をかきながらリカバリーすると「アイツは頑張っている!1」と言われる。これは車載ナビ技術部も例に漏れず、仕事の本質を理解出来ないヘボ上司にありがちな現象である。私の目から見れば、仕事が甘いから問題起こしてドタバタしているかに映るのだが…。自らの経験でも、自分以外は誰も出来ん仕事をこなしても、上司には全く評価されない覚えが何度もある。空気を吸うようにこなしているので自身も自覚が無い。只私の場合は、他部署の問題まで何でも突っ込まれる不具合対策係で、悪目立ちしていただけである。

設計DRにて機構屋の本領発揮

キックオフ会議から数ヶ月の後、葛城との間で1次試作を行うべく設計DRが行われた。テンソーは機構設計の私と坂本係長の他、ハードの製品担当とシステム担当が出席。葛城は機構設計の横谷課長と若い新人？担当の他、製品リーダーなどの関係者。セレモニーでない必要最小限で行う本当のDRだ。葛城のオーディオ回路は誰が見るんだと不満を感じたものである。なおテンソーのシステム担当は、ZMの窓口となり主に仕様を取りまとめるほか、ナビのソフト関係の調整役も兼ねていた。

内容は機構設計が中心で、プロジェクターにて計画図を映しつつ横谷課長の仕切りで進められた。基本構造の概略が説明された後、今回新規設計となる専用ディスプレイ可動機構の説明となった。件のムラ雲と葛城が開発中の「水平スライドメカ」である。エンジニアとしての血が騒いだ。なんだこの仕掛けは？これで本当に上手くいくの？…

実はトヨタマのオーディオ一体機で協業している関係から、ムラ雲のディスプレイ可動機構に関し、個人的に相当な知見があった。それ等を生かしサカキが設計したZM向け可動機構の問題点を指摘し、設計変更させた記憶もある。当然トヨタマ向け「水平スライドメカ」の開発情報もキャッチしており、ムラ雲は手順を踏んだ基本に忠実な設計であった。

それに対し葛城の水平スライドメカの仕掛けは非常にシンプルだ。どうしてディスプレイが前に出て行くのか？とても不思議であった。横谷課長の答えは：「実は、これで上手くいくんですよ」であった。機構屋として「やっぱり葛城は凄い!1」とその設計技量に感心した。

感嘆の気持ちを抱きながら、ＤＲに参加していた。ここは一人の機構エンジニアとなって、気付いた部分を全て指摘しよう。先ずは水平スライドメカの「力の流れ」を追い掛けて、応力集中する部位が無いかを確認した。唯一気になったのは、可動ディスプレイ下部の回転ヒンジ部分であった。

当然のことであるが、機構設計には先ず立体形状を把握する能力が必須である。今時は３ＤＣＡＤが存在するが、頭の中で三次元思考が出来ない人は不適格である。製品設計の現場にも立体形状を理解できない人が存在するが、隠しても会話をすればすぐばれる。逆もまた然り、機構屋は話をすれば互いの力量が一目瞭然となる。ここまでは機構設計の初歩である。

そして機構設計には次の段階が存在する。それは「力の流れ」だ。材料力学で言う主応力線の如きものだ。これはＣＡＥで強度解析でもしない限り、計画図上の立体形状にも現れない。

要するに三次元形状を把握しながら、この見えない「力の流れ」を想像するのである。構造上で応力集中する要注意ポイントを見つけ出すには、これが出来ないと話にならない。事業部の人材育成教育では「力の流れを見極めろ!!」などと自身のテキストに書いたものである。

自分でも気付かぬうちに、映し出された計画図を前に、立ち上がって話をしていた。

私「葛城さんの水平スライドメカの仕掛けは素晴らしいです。でもこれを上手く成り立たせるには、ディスプレイ下部の回転ヒンジがピッタリ90度で止まって、それ以上前に傾かないのが大変重要ではありませんか?それにしてはそのストッパーとして、ディスプレイ部の樹脂部分に板金のエッジを当てていますね。これ耐久回数を重ねると次第にめり込んで、90度以上前に傾いてガタつく恐れがありますよ。せめて板金を1回曲げて面で当てたほうが安全じゃないですか?少なくとも相手側の樹脂部品には、高温でめり込まないように熱クリープ温度を規定しておくことをお勧めしますが、どうですか?…」**もう見て思い付くまま、言いまくりだ。**

前のめりで指摘する途中、はたと思い立った…「しまった!!この水平スライドメカは、葛城がトヨタマ向けに浮沈を賭けて設計している新機構だ。いくらZM向けでテンソーの仕入先になったとは言え、相手の設計にずけずけと踏み込んで、葛城さん気イ悪くしたかな…?」と、思わず振り返った。あに図らず、横谷さんは満面の笑みを浮かべながら「この人、こってこてのエンジニアだ。気付いたこと、もっと言ってくれー」と、その目が語っていた。直後、横谷さんの隣で計画図ＣＡＤデータを操作する若い担当が視野に入った。まるで動物園で初めての生き物を見た小さな子供の様な顔だ。そして「この人、一体何なの？計画図を見ただけで何でこんな指摘出るの?!」という表情を浮かべていた。

それらの反応で推量できた。テンソーに計画図を説明しているということは、恐らく葛城は既に水平スライドドメカのモックアップ作って評価している。そこで洗い出した問題点に対し、先程の指摘が少なからず当たっているのだ。自慢じゃないが、この手の洞察は極めて得意だ。技術部内では全く理解されていない。葛城にしてもこんなディープな内容では、社内でも会話が成立する人は極少数だろう。横谷さんの嬉しそうな表情が物語っている。少々反省しつつ腰を下ろし、気持ちを落ち着けてＤＲを続けた。

「力の流れ」を追い掛けて水平スライドドメカ全体を把握した後、メカ全体のバランスを思い描いた。するとディスプレイ上部のゴムローラーに何と無く違和感を覚えた。今回新規設計の肝となる箇所である。

機構設計には、このバランスもまた大変重要だ。形状的なバランス、重量バランス、力のバランスなど、最終的には機能美に至る感覚である。バランスの良い設計は誰が見ても美しい。戦闘機がカッコ良いのは、この機能美の極致であるからだと理解している。昔、同僚に話したことがある。機構設計に大切なことは、有名な名作洋画から学ぶことが出来る。何故ならば…「フォースを見極めろ!1」とか「バランスが大切だ!1」などと師匠が教えてるではないか?…

そこで先ずは、ディスプレイ可動機構のバランスの前提条件の確認から始めた。

私「ディスプレイ可動機構のベースとなるこのスライダー、後ろの部分をバネで上に押し上げていますよね。これ反動で前のディスプレイ部分をし下に押し下げて、走行時の振動でガタガタしない目的であると認識しているのですが、…実際のところ何グラムぐらいで押し付けているのですか？」

横谷課長「約400グラムです…」定量値を即答だ。やっぱり横谷さんは解っている。

私「ところでディスプレイ部の重量は？」念の為の確認だ。

横谷課長「やっぱり約400グラムですよ…」当然これも即答だ。

私「ということは、ディスプレイの重量も加味して走行時に2G（ニジー：Gは重力加速度）の振動が加わらないと、ディスプレイ部が持ち上がらない設計ですよね!?」

横谷課長「そのとおりです!1」よし、俺の理解と完全に一致している。

私「そこで気になったのですが、ディスプレイ上部のゴムローラー、それガイドの溝に対して下に当てていますが、それゴムを何グラムぐらい潰していますか？」いよいよ指摘の核心だ。

横谷課長「約100グラム程度です!1」何故か全く動じず答えた。これは何を意味するか？

私「となるとディスプレイ部は、スライダーのバネでは下に400グラムで押し下げて、ゴムローラーでは上に100グラムで引っ張り上げている。これってバランス悪くありませんか？ゴムどうしてゴムローラーは、ガイドの溝に対し上に押し当てないのですか？その方が走行振動に対して安定しませんか…?!」違和感を覚えた設計の矛盾に、もう真正面から切り込んだ。

可動部の耐振動性能にとって重要な設計要件ではあるが、こんな指摘する奴は俺しかおらんだろうなどと思いながら横谷さんの顔を覗き込んだ。


すると予想外に、待ってましたとばかり設計者として切実な想いを訴えられた。

横谷課長「実はそうなんですよ!3ディスプレイの角度調節を行うために、仕方なくこうなっているんです!2…」

私「え!1どういうこと!1ZMの仕様って、そんなことになっとるの!?」坂本君に確認した。

坂本係長「何故か日本仕向けだけ、ディスプレイの角度調節の仕様が残っているんですよ。」

さすが坂本君、即答だ。分厚い英語の仕様書を全て把握している。自分には出来ん芸当だ。

私「申し訳ありません。私：ディスプレイのそこの仕様を見落としてました。まあ、角度調節機能のため下に押し当てる：というのは、即座には理解できませんが：葛城さんが言われるのであればそうなんでしょう…」**真っ先に疑問を抱いた。トヨタマ向けはどうしているのか？**

私「因みに：T社さん向けは、どのようにされてますでしょうか？」**さあ答えてくれるか？**

横谷課長「T社さんは角度調節機能が無いので、ご指摘どおり上に押し当てています。」

私「ということは、ガイドの溝の形状もT社さん向けとは大分異なりますよね。…」

うーんこれは不味い。ZM向け水平スライドメカは、こんな大事なところでトヨタマ向けと設計が異なっているのだ。暫し頭を抱え込んでしまった。てっきり今回の新機構が、トヨタマ向けと共通設計であり、品質的にも安心して任せられると信じ込んでいたからだ。

客先仕様変更と真の狙い

気を取り直し、テンソーの立場でどう判断すべきか考え、場の全員に向け議論を続けた。

私「このZMの仕様って、本当に要るのか？しかも日本仕向けだけ!?：大体、角度調節機能は色んな車種に搭載される汎用ディスプレイの仕様でしょう。今回は車両のインパネデザインにフィットさせた専用ディスプレイだから、当然ディスプレイの視野角も予めドライバーの視線に合わせてある。これお客さん、要らんのじゃない？…」**皆が唸っていた。同じ想いなのだ。**

横谷課長「でもZMの仕様に有るので、葛城としてもどうしようも無いんですよ。」

　これを受け、突如として体の向きを変え、横に座るテンソーのシステム担当に呼びかけた。

私「ZMと交渉して、この仕様を無くしてよ!1これ、お客さん、要らんから!2」間違いない!1
それまで機構設計の話ばかりで、すっかり油断していたテンソーの若い担当は驚いて答えた。

システム担当「そんな面倒なこと言われても、…」何言っとんだ、こいつ!1全くがっかりだ。

テンソーの車載ナビ技術部は特に忙しい。横から何か仕事言われたら、先ず断る。人間の防衛機制として、それは正しい。でも葛城さんの前でそういう態度とるなよ。同じテンソーとして恥ずかしいぞ!1この場で課長の職位に物を言わせて、拝み倒すのはもっと無様だと考えた。

　即座に立ち上がり、とっさに思い至った論理で、乗り気でない若い担当の説得に入った。

私「君ね、この角度調節の仕様が残っとったら、テンソーが作るナビソフトでも、角度調節の操作画面、それ作らなあかんで!1それも日本仕向けだけ!1北米や欧州仕向けには無いんだぞ!2そんなことで君たち、ソフトの共通化が出来るのか!?」どうだ!1お前らもメリット大有りだ。

　実はこの発言が出来るのには理由がある。機構屋を選択する以前、まだ技術研究部の時代、私はナビのソフトを齧った経験がある。デモ機を動かすため数ヶ月であるが、ナビのリアルタイムOSの移植作業を行った。単純ではあるがナビの基本アプリもコーディングした。ソフト屋の視線で「相手が一体何を困るのか、自分がやる立場で大体想像が付く」のである。これもまた本書では割愛した担当設計者時代のお話に基づく経験だ。

ソフトだから仕向け別に角度調節画面の有り無しなど、簡単に対応可能ではないか？．．と思われる方もいるだろう。だが実際には角度調節画面だけではない。その上の画面でも角度調節画面への遷移を選択するボタンの有無が発生する。さらにその上の画面で仕向け別の識別を行い、角度調節画面を選択するボタンを表示する画面に遷移するかどうかの判別が必要になる。

加えて画面操作を支配するナビ側と、実際にディスプレイを動作するオーディオ側の間の通信プロトコルも異なってくる。日本仕向けだけ角度調節のコマンドが必要になる。通常はこの通信プロトコルは共通仕様となり、北米や欧州仕向けでは角度調節のコマンドを使用しないとするだろう。しかし何かの手違いで、角度調節のコマンドが起動してしまったら？．．角度調節の初期値が書き換わってしまったら？．．一体どうなるだろうか。北米や欧州仕向けは角度調節画面に入れないので、永遠に元に戻せない。こうなったら市場不良は必至であり、正しく現実に有りそうな話である。

斯くの如き不具合を予め回避するべく、ソフト上で2重3重のガードを施す必要が生じる。それでも各種アプリが複雑怪奇に動作するリアルタイムＯＳを駆使するナビソフトにおいて、完全に大丈夫とはソフト屋自身でも確信が持て無いだろう。少数の天才が開発しているのならいざ知らず、大勢の凡人が膨大な画面仕様をコーディングし、納期に追われ四苦八苦しているのだ!1もうどうしようも無いのだ!2

加えて当時テンソーのシステム部隊では、開発リソース不足を解消すべく、ソフト共通化が最重要命題であった。雷に打たれたかの体勢で座ったまま直立不動をし、若いシステム担当は人が変わったかの如く宣言した。

システム担当「僕に1週間下さい!2ZMのこの仕様を消して見せます!3」**最初からそう言え!1**

大体ソフトの共通化とか、俺に言わせるなよ。俺は機構屋だぞ!1お前が気付けよ、恥ずかしくないのか!?と思ったが、若いシステム担当が可哀想なので敢えて言わなかった。

私「そうだよ!1テンソーにもメリット有るんだから、よろしく頼むよ!2」**それ見たことか!1**

その掛け合いを、葛城のメンバーは唖然として眺めていた。先程まで「樹脂の熱クリープ温度」とか「振動時のバランス」とかディスプレイ可動機構の話をしていたのだ。内容を本当に理解できたのは、恐らく横谷さんのみ…。坂本君と葛城の若い担当が付いて来れたかどうかのディープな議論である。DRの席上、私と横谷さんのみが互いに話が通じるので、嬉しそうに議論していたのである。

それがいきなり豹変して、お客の仕様を変えようと言い出したのである。それも相手を拝み倒した訳ではない。ソフトの共通化がどうのこうのとテンソー自身のメリットを持ち出して、若いシステム担当を心底やる気にさせてしまったのだ。果たして葛城の目には、私は如何なるエンジニアと映ったのか?…しかし私が期待する真の狙いは、もっと奥深い別の所にあった。

ともあれ、再びディスプレイ可動機構のDRに話を戻した。

私「横谷さん、この角度調節の仕様が無くなれば、T社さんと同じ設計になりますよね!?」

横谷課長「はい!1そうなると葛城の設計としては、非常ーに助かります!2」間違いない!1

私「因みに今回のZM向けモデルとT社さん向けモデルでは、どちらが先に流動しますか?」

横谷課長「テンソーさんのZM向けモデルの方が、数ヶ月早いんですよ:」申し訳なさそう。

私「あー、それは残念!1でもT社さんと共通設計なら安心です…」しめた!1とほくそ笑んだ。対して横谷さんも「してやったり!2」の表情で満足げだ。恐らく横谷さんはDRであわよくばこの問題を相談しようと目論んでいたのだ。それが期せずして、私が勝手に答えに辿り着いてしまい、説得する手間が省けた格好だ。何よりもエンジニアとして話が通じ、設計をより良い方向に進めるべく尽力する姿勢に、お互いが言葉に代えられぬ充実感を感じていたと思う。

DRから戻って数日後、嬉しそうに坂本君が報告に来た。

坂本係長「鷹騒さん、ZMのあの仕様、無くなったそうです!2」

私「あれからまだ3日だぞ!1システム担当の彼‥、本当にやってくれたな!2もう横谷さんには連絡したのか?」

坂本係長「はい、横谷さんはじめ葛城さん‥皆さん大喜びしてましたよ!1」誠に嬉しそう。

私「そうだろう。テンソーもちょっと良い所見せたな。これでZM向けの品質も上がる。」

そうだ、キックオフ会議後の酒の席での約束を、自分は身を以て果たしたのだ。坂本君も客先との仕様交渉で、システム担当を上手にバックアップしたのだろう。

　今回の件は、表面的には葛城の方が得をしているかに見える。テンソーがZMの仕様を変更し、トヨタマ向けと共通設計が出来れば、葛城は非常に嬉しい。葛城の設計マンパワーのみならず、試験評価の工数など省力化が進む。その上、テンソー主導のZM向けモデルが先行して流動するのである。テンソーを間に入れたZM向けモデルで、葛城が直納するトヨタマ向けに新規開発した「水平スライドメカ」のパイロット流動が可能なのだ。葛城にしてみれば、もうこんなに美味しい話は無いだろう。テンソー側にもナビソフト共通化の利点があるとは言え、そのメリットは葛城8割でテンソー2割と言ったところだ。

　しかし私自身は全く別の考えを持っていた。とかくテンソーもそうであるが、最大の顧客である台与珠自動車向けには主力部隊が投入され、海外メーカー向けは兵力が手薄である。何しろ流動する数量が異なる。日本のトヨタマ系自動車部品業界では常識だ。今回のZM向けモデルでは、葛城はテンソーの下の2次仕入先に甘んじ、設計マンパワーは特に不足気味だろう。それが葛城がトヨタマ向けに新規開発中の「水平スライドメカ」と共通設計できるのである。当然ZM向けモデルに、葛城のトヨタマ向け主力部隊が参戦する事態になる筈だ。しかもZM向けが先行して流動するのだ。となれば、今回のZM向け製品をモデルケースとして最適設計が成され、それをトヨタマ向けに横展開するのが常套手段だ。裏を返せば、これはテンソーのZM向けモデルの設計品質が、格段に向上する状態を意味している。私が密かに期待していた真の狙いは、正に此処にあった。

当時オーディオメーカーのムラ雲や葛城とは、オーディオとナビで設計を棲み分けていたものの、最大顧客のトヨタマ向けインパネの専用ディスプレイ製品では競合関係にあった。同じ技術部のディスプレイ部隊の役職者には、ムラ雲や葛城と協力するナビ部隊は、快く思われていなかった模様だ。中には「コンペチタのオーディオメーカーと仲良くしやがって…」などと陰口を叩く者まで居た。我々の耳に聞こえてくるのだから相当だ。だが思っていた。他人の足を引っ張ることばかりのサラリーマン根性が染み付いているから、そんなけつの穴の小さい考えになるのだ。私の品質に対する真剣な想いは理解できまい。…大体、車種固有の専用ディスプレイなんぞ、本当にテンソーの仕事か?労多くして益出るのか?…テンソーとしてはもっとコア技術を押さえて、標準化した設計で合理化を進め利益率を上げるべきだ。そうでなければ我々の設計レートに見合わない…と本気で考えていたものである。

このような感じで葛城の設計とは非常に協力的な関係を築き、ZM向け専用ディスプレイのオーディオナビ一体機の設計は順調に進められた。このモデルに使用されたナビ回路基板は、一世代前の第1世代コアCPUを使用しており、2年前のディーラーオプションからムラ雲に供給し流動させた基板と同一であった。そのため回路基板担当や製品担当も全く新規設計要素が無く、ナビハードを担当する技術部内では特段注目されていなかった。私自身も、後述するトヨタマ向け2005年モデルのドタバタ劇に全力投球の事態に追い込まれ、ZM向けモデルは坂本係長にお任せ状態であった。

会社同士の大喧嘩と設計現場の実情

そんな中、葛城とテンソーの間に大喧嘩が勃発した。キックオフ会議から約1年後の事件である。原因は品質保証に関する内容だ。詳細は省くが、葛城が抜き取りで製品検査していたのを、テンソーが「全数検査せよ」と言い張った為だ。設備投資に関わる問題で、葛城としてもコスト面から了承し難い。それをテンソーの品質保証部門が根拠の無い意地を張って「葛城が保障するのだから、コストも葛城が出せ!1」とゴリ押ししたのだ。機構設計の自分が口を出す立場には無いが：「金出すか腹括るかしろよ…」と思ったものである。
坂本係長「この件は、テンソーは事業部長の木藤常務まで、葛城は副社長まで上がったようです。それで葛城の副社長が『そんな分からんこと言っとるテンソーの仕事なんか止めちまえ!2連絡も一切するな!3…』となったみたいです…」どっから聞いたんだ。凄い情報網だな。
私「それで最近メール来んのだ。でも設計はもうほとんど終わっとるから問題ないだろう!?」
坂本君を窓口に対応していたが、横谷課長は私にも必ずＣＣメールを入れてくれたのである。

そんなある日、坂本君が苦笑しながら相談に来た。

坂本係長「鷹騒さん、横谷さんのメール見ました？」どうしようか対処に迷ってるようだ。

私「葛城さんって、連絡ＮＧだろう…」呟きながら、大量の未読メールを漁ってみた。

何と横谷さんから社内担当へのメールが、坂本君と私にＢＣＣで届いていた。

横谷課長メール「最後に残った○○塗装の件は、滞りなく進めておりますのでご心配なく…」

私「これ横谷さんとこの担当へだけど、文面は俺らに向けてだよなあ…」なんじゃこりゃ？

思わず笑ってしまった。横谷さんは、１年前の酒の席での俺の話を覚えてくれていたのだ。

坂本係長「これどうしましょうか？…」先ずは横谷さんの立場が最優先だ。

私「このメールは、絶っ対に返信してはダメだぞ!1横谷さんに迷惑が掛かるからな。…そうだな～、坂本君、電話でお礼を言ってくれよ。うちは葛城さんに連絡するなと言われてないし、横谷さんとこも直通だから電話鳴ったら出るだろう。それでこう伝えてくれ：『鷹騒がメール見て感動していました。我々は横谷さんのこと信用しとるから、全く心配していない。だからこんな危ないメールを打っちゃダメだよ～』て。横谷さんが葛城社内で怒られたら、この俺が困るから…」**もう気持ちは、充分に伝わった!1**

1年前のキックオフ後に語った酒の席での想いは、脇で聞いていた横谷さんの心にも届いていたのだ。案の定、会社同士の喧嘩はひと月程で終息した。その後製品検査がどうなったのか知らない。でも後に品質保証部門の担当が苦虫を噛み潰すかの如くこぼしていた…「葛城とは二度と仕事したくない!1…」と。

セレモニーDR唯一の指摘と不具合への対処

この暫く後、葛城との合同DRが開催された。両社が製造準備を開始する直前の一大セレモニーである。先日まで大喧嘩していた葛城に気を使ってか、何とテンソーは木藤常務まで出席された。仕入先との合同DRでは聞いたことも無い。場所もテンソーの大講堂で行われ、葛城の設計は驚く無かれ舞台の上からの報告であった。セレモニー此処に極まれりだ。

斯くの如き状況であるから、テンソー代表司会の下、葛城の詳細設計内容と試験評価状況が淡々と報告された。葛城の代表はぎこちなく緊張しながらも真摯な態度だ。葛城の設計達も、品質保証部門や上層部の大喧嘩の一件について、困惑していた模様だ。

自身も聴衆の一人となり、神妙な態度で聞き入っていた。さすが葛城電産、テンソーがケチを付ける隙など全く無く、必要充分な内容であった。特にディスプレイ可動機構や音楽デッキの操作耐久については「そこまでの耐久回数が必要なのか？」と思う程の評価内容であった。それを聞きながら心の中に、何か違和感が芽生えた。そして気が付いた。

そうか!2解った!3この専用ディスプレイのオーディオナビ一体機の品質向上には、もっと別の視点がある。当たり前だが従来の汎用ディスプレイのオーディオナビ一体機は、可動ディスプレイの後ろに音楽ＣＤと地図ＤＶＤの挿排口が設けられていた。対して今回のインパネデザインに合わせた専用ディスプレイは、ユーザーの操作性も考慮し音楽ＣＤの挿排口が別に配置されている。可動ディスプレイを倒さなくても、音楽ＣＤの交換が出来るのだ。例の「水平スライドメカ」を動作させるのは、ナビの地図ＤＶＤを交換するタイミングのみだ。ユーザーの使用条件が根本的に異なるのだ。これはヤバイぞ!1と考えつつ、子供の如くうずうずしながら発言のチャンスを窺い始めた。

テンソーは途中誰も質問する者もおらず、合同ＤＲは低調に進められた。常務が出席されるセレモニーならこんなものだ。葛城の報告が終了し、司会者が質疑を求めた。

司会者「最後に、設計さんと品保さんから何かありませんか？」**来た!2ここだ!3**
まるで授業参観日の小学一年生の如く、間髪を入れず挙手をした。

私「はい!1設計の鷹騒です。今更設計がこんなこと言っとってはダメなんですが、今回のZM向け製品の新規点は、滅多にディスプレイ可動機構を動かさない点にあると考えます。今回の専用ディスプレイでは、音楽CDの挿排口が別に配置されています。ということは、ユーザは音楽CDを入れ替える際に、ディスプレイを動かす必要はありません。可動機構が動作するのは、ナビの地図DVDを入れ替える時だけです。確かにユーザーが車を購入した最初は、ディスプレイを倒して『地図DVDはここから入れ替えるのか？…』と確認するかも知れません。でもその後は必要無いので、閉じたままです。そして3年後？地図更新の際『3年だからまだいいか…』さらに5年後？『そろそろ最新地図に更新するか…』となったとしましょう。その時にボタンをポチッと押して、果たして本当にディスプレイ可動機構は動作するでしょうか？私は少なからず心配です…」**自分でも何を言っとるのか、分からんくなってきた。**

　この懸念事項を出してしまった後になって、しゃべりながら咄嗟に落とし所を考え始めた。

私「この期に及んで設計をどうのこうのと言うつもりはありません。ですから今ちょうど2次試作品の耐久試験が終了する頃でしょう。それらを設計の目でしっかりと精査して下さい!1：

例えば高温放置、試験終了後に動作チェックする際、ディスプレイ可動機構のゴムローラーが溝にくっついてないか？など注意して確認して下さい。くれぐれも『あれ？動かんな!?…』となって、ガタガタしているうちに何とか動いてしまって『ああ良かったな…』なんてならないようにお願いします!2」よ〜し!1何とか落ちをつけた。

自分でも実に上手い落とし所だと自画自賛する中、設計の私に続いて品質保証部門が指摘する番になった。ここは当然の如く品保のエース伊達さんだ。

品保エース伊達さん「今、設計に全部言われてしまったんだけど…、品保としても全く同じ意見だから、葛城さんよろしくお願いします!3」実に悔しそう。心底そう思ってたんだ。

恐らく伊達さんも同じ新規点に気付いたのだ。さすが品保のエース。あの場で同じ指摘できるのは、我々だけだろう。昔ナビECUのDVD挿排口で大不具合あったもんな…。俺に先を越されて、余程悔しかったのか？でもこの場は、設計の立場から話をして大正解であった。

最後は木藤常務が葛城に丁寧にお礼を述べられ締め括った。こういう所は如才無い方だ。

次の週、坂本君が相当困惑しながら報告してきた。

坂本係長「鷹騒さんがDRで指摘したあれ、葛城で何かあったらしいんです。」

私「ええーそれ本当か!1高温放置、それとも高温高湿、…横谷さんから何か聞いてるか？」

坂本係長「いいえ振動耐久だそうです。モーターのギアが噛み込んで…て言ってました。」
私「それは俺の想定とは違うな〜。モーターのギアとなると、もう俺にも解らんよ。」
坂本係長「葛城の設計では、モーターの電流値とか…、もう大車輪が回ってるみたいです。」

　暫く考え込んだ後、このタイミングで何が最適かを考え、覚悟を決めて指示を出した。

私「坂本君、横谷さんにはこう伝えてくれ：『そこは葛城さんのノウハウに関わる部分であるから、テンソーは一切口を出しません。もう葛城さんの思った通ーりに直して下さい!1』て。そしていいか、君はこの件もう騒ぐな。今このタイミングで、そこの設計の解らんテンソーが出て行って、あーでもないこーでもないと言って、特にこないだまで大喧嘩していた品保まで出てきて、あれも評価しろ!1これも評価しろ!1何てしたら、葛城の設計さんが死んでまうぞ!2それだけは絶対にダメだ!3」**この件、俺が飲み込んでやる!1と腹を括った。**

　今回の件は、合同DRにおける私の指摘が発端で検出された弱点だ。社内でオフィシャルになれば自身の評価に繋がる。しかしここで大騒ぎして自分の手柄を吹聴するのは、エンジニアとして一流とは言えない。第一自分の美学に合わない。大体いろいろな所で手柄を立ててきたつもりだが、一度も褒められたことが無いではないか?!…本件は新規点に対する懸念事項と、耐久試験後の精査を要請した時点で、テンソーとしての役回りは既に終了しているのだ!1

そもそも不具合が起きた際、設計の解らない奴らが出て来ていろいろと注文を付ける。これが一番よろしくない。問題箇所に対して僅かに修正すれば良いところを、もっと安全側に直せと言い勝ちだ。設計当事者は不具合を出している手前、従わざるを得ない。こういう場合は、得てして後になり別の問題に見舞われる。不具合にばかり着目し視野狭窄に陥っているのだ。機構設計の要諦は、トレードオフとバランスなのだ。担当設計者だった時代、設計の分からない上司の下で何度も同じ経験をしている。だから不具合が起きた際の緊急対策では、その設計当事者が思う最適ポイントに修正しておくのが肝要である。

大体テンソーがのこのこ出張って、葛城に枝葉末節問いただしても、何のメリットも無い。ZM向けモデルの品質向上を真に願うならば、設計当事者の葛城が最適であると考えた通りに修正するのが正しい。何より品質が命であるテンソーから「一切口を出しません。葛城さんの思った通り直して…」なんて言われたら、葛城の設計者は意気に感じ、手柄を捨て命を預けたこの俺に迷惑掛けまいと、それこそエンジニアの誇りに懸けて遣り切るだろう。

今回の判断は、テンソーの流儀ではない。通常はこんなこと有り得ない。この私にしても、量産準備直前のギリギリのタイミングでのみ下した決断であった。実はこの時、次章に述べるトヨタマ向け2005年モデルの設計対応で忙殺されていた。もしも葛城のこの件に私自身のマンパワーが引きずられていたら、2005年トヨタマ向け全モデルが沈没したに違いない。

そしてこの後、その量産試作直前の大問題で、この時の自分と全く同じ判断を下してくれた、トヨタマの責任者を目撃することになるのだ。

エンジニア同士の以心伝心

ZM向けモデルが流動して2年後、私はトヨタマ向け2007年モデルを中心とした次期型製品を構想設計から着手すべく、量産設計課から開発室に異動になっていた。ある日のこと、ZM向けナビ製品担当課から、課長自ら助力を求めに来た。葛城の前のサカキの時代からの付き合いだ。この人は製品不具合で、機構設計の私がどれほど貢献してきたかを実感していた。

尾上課長「ZM向けモデルで、葛城がテンソーに何か報告に来るんだ。ちょっと出てよ。」

私「でも、僕はもう開発室で責任も取れんし、量産の機構設計課で誰か対応できんの？」

尾上課長「坂本君も海外赴任しちゃって、機構グループではもう誰も解る人居ないんだ…」

開発室にて次期モデルの機構開発に集中し躊躇していると、殺し文句を囁かれた。

尾上課長「横谷さんが、鷹騒君に会いたいらしいよ〜」**なに？横谷さんのご指名なのか!?**

私「横谷さんが来るの？それは僕が行かなあかんな〜」**これはもう絶対外せない。**

本社の面会所で尾上課長と私が応対する中、葛城の横谷課長は一人テンソーに報告に来た。

内容はディスプレイ可動機構の駆動部であるモータのギアについて、寸法公差を少々詰めるという話であった。暫く頭の中を検索し、首を傾げながら呟いた。

私「それって…、量産準備直前に…、確か何かあったよねぇー？」2年も前の記憶である。

横谷課長「そうなんですよー!1あれなんですよー!2」この人やっぱり覚えてると嬉しそう。

私「ZM向けで、市場で何か不具合あったの？我々設計の耳には入ってないけど…」

市場不良で戻った製品は、品保経由で仕入先に解析依頼される。設計は一々タッチしない。

横谷課長「実は、テンソーさんのZM向けでは、一個も問題出て無いんですよ!1」

私「ってことは、トヨタマいやT社さん向けで何かあったの？」ニヤリと笑い問い掛けた。

横谷課長「いや、それは言えないんですよー」当然だ。葛城が直にやってる仕事だ。

私「そりゃー、横谷さんの口からテンソーに不具合情報は言えんわなー」お互い大笑いだ。

　横谷さんの口振りから、状況を推察した。トヨタマ向けの車種展開、恐らく搭載条件の厳しい車種で市場不良が出たのだ。ただしテンソーの耳に入って来ないと言うことは、市場で稀に極少数といったところか。トヨタマへは再発防止の為に設計変更の申請を出すんだろう。

私「ZM向けで何も問題無いとすると、これは変更申請通らんよ…」互いに暫し頭を抱えた。

私「これって、変更したとして、テンソーが見て判るの？」ギアの公差だ。判る筈がない。

横谷課長「絶対に判りません!2」じゃあ何で言いに来た？と、互いに悪戯っぽく笑った。

私「大体、公差厳しくするだけなら、今と同じで何も問題ない筈だ。…よし!1こうしよう!1…万々が一ばれたらこう言って下さい…『機構設計の鷹騒には報告したんだけど…「そんな型のチューニングレベルの話は、葛城さんの自主的な品質向上活動としてやって下さい!1」と言われましたー』と…、尾上さん!1それでいいよね!2」型のチューニングは、よくあることだ。

横で座ったまま居眠りしていた尾上さんは、同意を求められハッと目覚め即答した。

尾上課長「鷹騒君がいいなら、それでいいよー」機構設計に関しては、もう丸投げである。

横谷課長「そう言ってもらえると、葛城としても大変助かります…」もう阿吽の呼吸だ。

今回の件、葛城がわざわざ報告してきたのには、恐らく理由がある。市場不良でトヨタマに設計変更を申請すれば、念のため同じディスプレイ可動機構を設計するムラ雲にも横展開されるかも知れない。ムラ雲に展開されれば、トヨタマ向けで協業しているテンソーにも当然情報が入る。何よりトヨタマグループ内でのテンソーの情報網は恐ろしい。後で知られるよりは、正直に申し入れするべきだ…と。葛城の会社としてはこうだろう。

だがそもそもこの件は、合同DRでの私の指摘を発端として発覚し、量産準備直前に全力で修正強化した内容だ。現にZM向けでは市場で一件も不具合が報告されていない。狙い通りにZMモデルで最適設計が成されていたのだ。そのお陰でトヨタマ向けも、極少数の市場不良で済んでいるのだ。量産直前に各部のパラメータを詰めたため、恐らく葛城は極少数の発生確率まで計算できるのだろう。

もし本当にトヨタマで重大不具合を出していたら、必ずテンソーの耳にも入る。トヨタマグループとはそういう所である。葛城はナビのソフト関係で、かつて重大不具合を2回も続けて起こし、今度やったら出入り禁止と厳重注意されていた経緯も知っている。

今回の「水平スライドメカ」では、ZM向けで先行してテンソーと仕事して、実は助かっているのだ。お礼を言いに来たとは思わないが、横谷さんとしては一連の件について、この私に仁義を切りに来たものと受け取った。エンジニアとして、正に以心伝心であった。

今回の協業モデルを振り返って

ZM向けではあるが、実際この専用ディスプレイのオーディオナビ一体機は、テンソーでも初めてであった。トヨタマ向けでムラ雲との協業モデルでも、この1年以上も後の2006年モデルである。にも拘わらず流動初期も、また市場でも機構設計に関する不具合は一切無く、当時トヨタマ向け2005年モデル設計に奮闘する我々の足を引っ張ることは皆無であった。それ以前のサカキとの協業モデルと比較しても段違いだ。その不具合対応で、私自身が何度もデトロイトに飛ばされていたものだ。

量産流動後は全く何も問題無いので、技術部内で特段注目されることは無かった。でも私だけは認めている。葛城は実に見事に遣り切ったのだ。坂本君も素晴らしかった。きっと私には見えないところで、横谷さんといろいろ上手く調整したのだろう。またしても目立たなくて、本当に申し訳ない!1

今回の葛城との仕事は、量産設計課長として最も脂が乗っていた時期のエピソードである。多分に調子に乗っていると感じられる方も居られるだろう。特に最後の項は推測の域を出ず、自画自賛の傾向である。真実は分からない。だが結果が全てだ!1量産後、機構設計課まで持ち上がる問題が一切出なかった開発新製品として、この葛城とのＺＭ向けモデルに関しては、私のエンジニア人生の中でもひときわ鮮烈に記憶に刻まれたのである。

第3章　真の理解者とエンジニア人生最高の活躍を成し遂げた件

これは大和天創（通称：テンソー）の最大の顧客である、台与珠自動車（通称：トヨタマ）向けナビ製品でのお話である。車載ナビ技術部のナビ機構設計課長として、前述した葛城とのZM向けモデルに携わる傍ら、最も多忙を極めたトヨタマ向け2005年モデルを設計していた際の出来事である。膨大な仕事量に忙殺されながら経験の無い新技術を導入し、加えて重大不具合の再発にも見舞われている。そんな絶体絶命の状況にて、社内や協業先のキーマンとの唯一無二の活躍を御披露しよう。機構設計エンジニアおよび量産設計マネージャーとしても、正に最大限の働きをしたと自負している。このエピソード無くしては画竜点睛を欠き、本書の真の想いは伝えられないだろう。

車載ナビ製品の進化

トヨタマ向け2005年モデルのナビ製品は、それまでの2003年モデルとは製品形態が大きく変化していた。2003年までは、主にインパネ専用ディスプレイと別体ナビECU、および汎用ディスプレイのオーディオナビ一体機に大別されていた。対して2005年モデルでは、専用ディスプレイの背面に一体で装着されるナビ本体部なる製品形態が追加になった。従来の別体ナビＥＣＵの横幅２５０㎜から、インパネ内に搭載すべくＤＩＮサイズと同じ横幅１８０㎜に縮小された。また専用ディスプレイの背面に搭載するべく奥行きも縮小され、ナビの回路基板は電源部とＣＰＵ周辺回路に別れ2段重ねとなった。加えて従来の別体ナビＥＣＵも、インパネへの搭載も想定し横幅１８０㎜に縮小された。

新規の専用ディスプレイ一体ナビ本体部の設計は、何故かディスプレイ部隊の担当となり、ナビ部隊の私の出番は全く無かった。ディスプレイ製品の機構設計では、高級車の専用ディスプレイを設計する関係から、樹脂意匠部は経験豊富であった。しかしナビ回路基板を搭載する板金ケースの大切さは全く理解されていなかった。さらに設計工数不足で一体ナビ本体部の機構設計は、経験の無い外注設計に丸投げせざるを得なかった。要するにナビ製品の板金設計を甘く見ていたのであった。

結果論であるが、この２００５年モデルの一体ナビ本体部は、２００３年モデルの別体ナビＥＣＵで、私が導入した合理化設計についても全く出来ていなかった。加えて量産直前の電磁ノイズ（ＥＭＣ）対策で散々な目に会い、アース強化対策?を目的に大量のバネ部品が追加され、大幅コストアップに見舞われた。製造部からは組付け難いと、厳しい苦情が寄せられた。

後に２００７年モデルについて構想設計から着手すべく、私が開発室に異動する要因となった技術部として実に恥ずかしい製品であった。

問題は製品形態の追加だけではなかった。ナビのマルチメディア機能強化に伴い、２００３年モデルからナビ回路基板の大幅性能向上が図られた。その結果２００５年モデルから採用する第2世代コアＣＰＵの消費電力が、従来の3倍になる想定であった。設計品質に配慮して、私は以前から製品各部の温度測定を行っていた。結果は、２００３年モデルで採用された第１世代コアＣＰＵの消費電力で、保証温度がギリギリの状態であり社内ＤＲでも報告していた。その関係もあり、コアＣＰＵの担当マネージャーから、私をご指名で放熱対策の事前検討依頼が出ていた。

月並みではあるが、コアＣＰＵに空冷ファンを取り付ける対策となった。ファンメーカー各社のラインナップから、薄型でフレームがアルミダイキャスト製のファンを選択した。それをカスタマイズし、フレームからこたつの脚の如く、基板へのネジ締め部を設けた。コアＣＰＵの直上に配置し、接触放熱するのである。こうしてコアＣＰＵからダイレクトに放熱する計画であった。製品内部の雰囲気温度を下げるため、ケース外壁に配置される筐体ファンに対し、我々の中ではＣＰＵファンと呼んでいた。

この第2世代コアCPUは2005年モデルの全製品形態で使用される。同じCPUファンで放熱すれば、各製品形態でコアCPU放熱に関し共通設計が成され、設計品質が安定すると考えたからである。

その上2005年モデルからは、トヨタマ向けナビ製品でコンペチタでもある息長（おきなが）電子工業（通称：息長）にも、テンソーのコアCPUを供給していた。トヨタマ向けナビ製品は全て同一CPUを使用し、ナビソフトの一部も機能ごとに分担して開発を進めていた。当時のナビ製品は、もう既にそれ程の大規模なシステム製品と化していたのだ。

当然そのコアCPUの実装信頼性や放熱設計に関しても、供給元のテンソーに一定の責任が生じる。後の事になるが、この息長に対して一部ノウハウも開示し、CPUファンのみならず接触放熱に使用する放熱ゲルのメーカーまで紹介して、直接購入を推奨していた。まあ要するにコアCPU放熱に関わる共通設計部分は、トヨタマグループ全体の設計品質を確保する上で責任重大であった。

こうして2003年以前の従来モデルや前述のZM向けモデルの面倒を見ながら、トヨタマ向け2005年モデルの設計が始まった。ナビ機構設計課の担当は、オーディオナビ一体機と別体ナビECUに加え、CPUファンを使用するコアCPU放熱の全モデル共通設計である。

なお当時のトヨタマ向けオーディオナビ一体機では、オーディオメーカーの叢雲（むらくも）電機（通称：ムラ雲）と協業していた。実態はテンソーからナビ回路基板を供給するのみで、製品の機構設計全体はムラ雲のメカ技術部にお任せであった。それとは別にインパネ専用ディスプレイ製品では、テンソーとムラ雲は車種や仕向けで棲み分ける競合相手でもあった。

重大不具合による品質監査部の設計支援

ある日の定時後、元部下であった藤森君が私の席に訪れた。彼は現在はディスプレイ部隊の下、ディスプレイ製品の機構設計に従事していた。

藤森君「鷹騒さん、ナビ製品の方では、組立参考図に書かれてる組み付け順て、あれ製造部で勝手に変えてもＯＫなんですか？」**何やら胡散臭い匂いを感じた。**

私「何でそんなこと聞くの？：ディスプレイ製品で何かあったのか？」

藤森君「いえ、ちょっと聞かれたので…」**何だかまた言い難そうだ。困ったな。**

ディスプレイ製品で何か余程大きな問題が生じたのだ。直接ディスプレイ部隊のマネージャーが聞きに来れば良いのに、元ナビ機構設計課の藤森君を使って、探りを入れてきているのだ。これはいい加減な事を言うと、後でとばっちりを食うなと直感した。そして自らが信ずる道理を明確に言い切った。

私「藤森君、組立参考図に記載されている組み付け順、あれは設計者が一生懸命考えて決めた内容だよ。取り付け部品の位置決めは大丈夫か？基板にストレスが掛からないか？…等々、いろいろと考えた上で描いとるんだ。少なくとも僕はそうしてる。確認してる訳ではないけど、もし製造部が勝手に変えたら、俺は怒るよ!1ディスプレイ製品の方ではどうだか知らんけど…俺は絶対に許さん!2大体、偉い人から…『製造現場で何が起きても、全て設計の責任だ!1…』なんて言われとるのに、図面の内容ぐらい守ってもらわんと困るよ。設計において図面とは、そういう神聖なものなんだよ!1」どうだー!3

藤森君「判りました!1実はディスプレイ製品で、製造部が手番を減らすため、組み付け順序を変えたらしいんです。それで上から『ナビではそんなことOKしとるのか…?!』と聞かれて、上手く答えられなかったんですよ…」やっぱりそうか!1人の良い藤森君を問い詰めるなよ!1

　助かった。この時もし自信の無い曖昧な返答をしていたら「ナビの設計がいい加減なことをしとるから…」と責任転嫁されるところであった。何れにせよ「正々堂々聞きに来いよ!2」と少々憤慨した。

　少し後になって不具合事例の横展開があった。驚いた事に事業部内の横展開では無く、実に品質監査部からの全社展開である。車載電装品の総合部品メーカーである大和天創において、品質監査部の権威は絶大である。トヨタマグループの中でも、その信用は計り知れない。その品質監査部からテンソー全事業部に通達される全社展開など、年間を通じても1回か多くても2回あるかどうかの重大不具合に該当する。

その具体的な不具合内容はというと、トヨタマ向けで製品内部で使用されるB to Bコネクタのはんだ付け不良。発生部署は、何と!1車載ナビ技術部。原因は、製造部の組付け順序の変更によるB to Bコネクタはんだ付け部へのストレス…といった解説であった。
※B to Bコネクタ：Board to Board コネクタの略、2枚の回路基板同士を電気的に接続するコネクタ。オスメス双方のコネクタが、それぞれの回路基板に直接はんだ付けされ、接続ケーブルが不要。そのため組み付工数も含め、基板間の比較的安価な電気的接続方法となる。
全社展開の資料を見て心底驚いた。この件は技術部内でも全く知らされていなかったからである。心当たりは先日の藤森君の質問のみ。最早ディスプレイ製品であるのは明白だ。しかし同じ技術部のナビ機構設計課長の私にさえも、全く情報が入って来ないとは如何なることか?いくらディスプレイ部隊とは言え、情報を隠蔽し過ぎではないか？一体何を考えているのだと不信感が芽生えた。

よくある話であるが、小さな不具合は課内で内輪に処理してしまう。そして大きな不具合は大騒ぎになり技術部全体に広く知れ渡る。だが本当の重大不具合は、関係者で情報隠蔽されてしまうのだ。今回のディスプレイ製品の不具合は、この重大不具合であった模様だ。それ故に品質監査部からの全社展開で事実を知ることになったのだ。私自身も事業部に在籍して以来の初めての経験であった。

この直後、トヨタマ向け2005年モデルの設計を進めるに当たり、車載ナビ技術部に品質監査部から支援が入った。理由は「車載ナビ技術部は不具合が多く、品質向上に苦労しているから…」であった。前述のディスプレイ製品の重大不具合が、引き金であることは明白だ。

実際のところ、ナビ製品は他のテンソー製品と比較して不良率が極めて高かった。当時車両内では処理性能が最高のCPU、高密度実装された回路基板、車載仕様とは言え地図用のDVDデッキ、PCにも使用されている大容量HDD、…等々、他の車載製品と比較しても内部の部品規模の次元が異なるシステム製品である。その上さらに最重要顧客でもあるトヨタマ向けのディスプレイ製品で重大不具合を出されては、品質監査部としても梃入れが必要であるとの判断が下されたのだ。

そんな折、技術部の小宮部長に声を掛けられた。担当設計者の頃に課長であった人で、私を係長そして課長まで引き上げてくれた方だ。随分と一生懸命仕えたつもりである。だがその分いろいろと困った問題を無茶振りしてくる。私の能力を相応に理解してくれた所為であろうが「またか!1」と閉口した。

小宮部長「鷹騒君!1今度、品質監査部から設計支援に入ってくれる舞羽課長だ。君、ちょっと話を聞いてやってくれ!1」**ナビの俺かよ!1やらかしたのはディスプレイじゃないのか?…**

すぐ脇のミーティング机で舞羽課長と話をした。事業部の最前線で長年泥臭い製品設計している私とは対照的に、全社の品質監査部で純粋に育った毛並みの良い人物であるとの印象を受けた。設計支援の中身は、各種の設計パラメータに関して○○手法を用い最適化するとの提案であった。小宮部長が私を指名した理由が分かった。これはディスプレイ部隊の連中では全然相手にならん。若い頃に、制御屋を志し最適制御理論を独学していた私でも、どうやら分野が少しズレているらしく、全くの珍紛漢紛であった。相手の舞羽課長も私の反応の鈍さを察したらしく、取り敢えずは2005モデルの製品説明をして下さいなる体裁で落ち着いた。

コアCPU接触方法でエンジニア同士の意気投合

その日より舞羽課長は技術部に日参し、2005年モデル各種の設計内容を把握するうち、件のコアCPUと接触するCPUファンに興味を示した。設計思想を話す過程で、コアCPUのBGAチップのはんだボールに対するストレスの話になった。当時はまだ1次試作の段階、正式な信頼性試験は2次試作からだ。1次試作の構成について、私は包み隠さず説明した。

ＢＧＡチップの上面に放熱シートを敷き、その上にＣＰＵファンを接触させ放熱する。ＣＰＵファンのアルミダイキャスト製フレームの四隅に、こたつの脚の如く取り付け部を設けて、ナビ回路基板の裏からネジ締めする。

問題は放熱シートを介してＢＧＡチップに加わる圧縮応力である。当時放熱シート各社のサンプルを調べ、最も柔らかい放熱シートを圧縮した際の残留応力のデータを要求した。結果はどのメーカー品も初期の圧縮応力に対し、30％程度残留応力が残るとのことであった。要するに放熱シートにはゲル成分とゴム成分が存在し、ゲル成分の圧縮応力は抜けるが、ゴム成分の圧縮応力は残留するのだ。このゴム成分は、放熱シートの形状を保つため必要なのであった。

正直にこの事実を舞羽課長に解説し、当時あるメーカーで新開発された放熱シートを採用した経緯を説明した。新開発された放熱シートは、一言で言えば「とろけるチーズ」と同じで、ＢＧＡチップとＣＰＵファンに挟まれた後、コアＣＰＵ発熱で融けて馴染むとの触れ込みだ。それにより圧縮応力が抜けるのを期待したのである。舞羽課長は心配そうに聞いていた。

私「本当は歪ゲージで基板のストレス測りたいけど、シートが熱で融けるのを待っていたら、歪アンプの0点がズレてしまう。上手く測定できるとは思えなくて困っているんですよ…」

自慢じゃないけど、私は測定オタクだ。振動測定、ＦＦＴ解析、音測定、オクターブ解析、製品内部の温度測定、基板の歪測定、…これらの各種センサーやアンプ類、データレコーダ、小型加振機、無風箱…等々の各種環境設備など、実験室には山とある。全てこの私が担当の頃から長年かかって事業部に導入した測定技術である。各測定技術の弱点は熟知している。

舞羽課長「一度サンプルを貸して下さい。私のところで何とか測ってしてみましょう。」

少々驚いた。この人、我々設計に指示を出すのでは無く、自分で作業をしてくれるんだ。半信半疑ながらも、1次試作の設計サンプルを快く提供した。

数日後、再び舞羽課長が現れた。先日のBGAチップの基板ストレスの件だ。
舞羽課長「CPUファンの件、コアCPUが実装された基板裏側の中央で、○○$\mu\varepsilon$（マイクロストレイン）でしたよ。」
※$\mu\varepsilon$（マイクロストレイン）：材料力学で歪を表す単位、変形量を全長で割った無次元量。
私「どうやって測ったんですか？」**歪の値より、測定方法に興味を抱いた。**
舞羽課長「応力除去法っていうのがあって、それで測ってみました…」**その手があったか!1**
その言葉で全てを理解した。手順はこうだ。全てを組付けた後のサンプルに歪ゲージを貼って歪アンプの0点をとる。その後ネジを緩めてCPUファンを取り外し、応力を開放して歪の変化を測定したのだ。逆の作業で組付け後の残留ストレスを割り出したのだ。今まで我流で学んできた私には、目から鱗であった。この人は凄いと認識した。

舞羽課長「それでファンの脚の高さも測定したのだけど、対角線で0・2㎜高さが異なってました。新開発の放熱シートの圧縮応力だけではなく、CPUファンの取り付け部も基板の歪を生んでいるみたいですよ。…」本当に自分でいろいろ測定してくれたんだ…

私「CPUファンも試作品だから、恐らく出来が良くないんですよ。でも脚の高さ0・2㎜のズレは、図面の寸法公差のギリギリ一杯です。狙った訳ではないが今回は限界サンプルだったみたいです。その条件で○○$\mu\varepsilon$ですか…、ちょっと不味いですね。車載ナビ技術部でも以前にメモリのTSOPはんだ付け不良で、基板の歪に△△$\mu\varepsilon$の目安があるんですよ。まあ私が測定して勝手に言ってるだけなんですけどね。…判りました。まずはCPUファンのフレーム四隅から出しているアルミダイキャスト製の脚をやめましょう。」

余りにあっさりと変更を受け入れたので、舞羽さんは少し驚いているかに見えた。でも私としても○○$\mu\varepsilon$は受け入れ難い。舞羽さんが自ら測定し、エンジニアとして具体的な定量値で警告してくれたのだ。まだ1次試作の段階で、大きく変更するなら今のタイミングしかない。

私「アルミダイキャスト製の脚では剛性が高過ぎるんですよ。それで僅かの寸法公差で基板を歪ませてしまうんですね。僕も少々気になってたんですよ。…」若干の違和感は事実。

CPUファンはアルミダイキャストのフレームをベースにモータの本体部を設け、ファンブレードの付いたローター部が嵌め込まれている。そしてその上からローターが外れないよう、ファンブレードの部分に大穴の開いたアルミ板の蓋がかしめられていた。私はこのアルミ板の蓋を改造しようと考えた。ファンメーカーとしてもこの方が製造上都合が良いだろう。しかも俺は板金設計の方が得意だ。CPUファンを見て、咄嗟に思いついた設計変更案を説明した。
私「フレームに取り付けられているこの天板から脚を出しましょう。今は厚さ0・4㎜のアルミ板だけど、これをバネ材のリン青銅に変更して、下に伸ばして曲げて基板取り付け部にM2のバーリングを切ります。こうすれば基板取り付け部の剛性も相当下がりますよ。」

さらに舞羽課長は少々遠慮がちに、懸念拭えぬ放熱シートの代わりに高粘度の放熱ゲル材も紹介してくれた。当時の内燃制御ECUでもCPU放熱のため、アルミダイキャストのケース外壁に接触する放熱ゲル材を開発していた。見せられた開発評価の報告資料を見て実感した。これはいける…もうこれしかない!3
私「舞羽さん。品質監査部って、凄い情報を持ってるねえ。これ良いよ!1これだよ!2」
舞羽課長「でも、この放熱ゲルは通常よりかなり粘性が高くて、内燃制御ECUの製造部でも塗布するのに専用設備で苦労しているみたいなんですよ。…」舞羽さんは奥床しいなあ。
私「でも舞羽さんだって、本!1当ーは、今の放熱シートでは不味いと思っとるんでしょう!?」

舞羽課長「いやー!1実はそうなんですよー!2」本音の一致を確認し、二人は意気投合だ。

ここで車載ナビ技術部において、この放熱ゲルが採用可能である政治的理由を説明した。

私「この放熱ゲル…、僕が何処か知らん所から持ってきて…『これ使用して下さい!1』なんて言ったら、色んなとこから文句出て絶っ対に無理です。でもこれ、内燃制御ECUで実績あるんでしょう。うちの大洞事業部長補、あの人は内燃制御ECUの出身で…、最近もう言わなくなったけど…昔は何かあるとすぐに『内燃制御ECUでは!2……』て言っとった。その結果、車載ナビ技術部の機構設計でも、変なネジ使わされて、昔えらい目に遭ったんだ。今でもナビ製品のネジは全部それですよ。コストの無駄だ!1技術部では、もうみーんな知っとる。」

これは当時正論を主張し抵抗した私が、その後大洞から睨まれる破目になった最初の一件だ。もう面倒臭いので割愛してる。長年に亘り事業部の収益を圧迫し続けた実に性も無い事件だ。

私「だから『内燃制御ECUで実績のある放熱ゲルを使用します!1』て言ったら、もうだーれも文句言えん!1あの人、製造部にも睨み効かせとるから、現場の生産技術も絶対に嫌ってならんよ。大体…内燃制御ECUの製造部では出来るのに、ナビの製造部で『出来ません!1』とは言えんだろう?…」

舞羽さんは技術部の内情を理解し、私の演説に引き込まれている。ここで最後の一押しだ。

私「その上『今回設計支援に入ってくれた、品質監査部からの紹介です!1』なんて言ったら、もう完璧だ!1水戸の爺さんの印籠みたいなもんだ。だから僕の前では良いけど…、舞羽さんも誰か別の人に聞かれたら…『品質監査部としても、この放熱ゲルが絶対にお勧めです!1』と、断言して下さい!2」薦めた本人に敢えて釘を刺した。

ここまで話を盛り上げると、舞羽さんにはもう大受けしていた。そしてきっぱりと確約した。

舞羽課長「分かった!1鷹騒さん以外の人には、そう断言するわ!2」二人は示し合わせた。

思えばこの瞬間が、トヨタマ向け2005年モデル運命の岐路であった。コアCPUの接触放熱は全ナビ製品で共通設計の部分である。個人的な想像ではあるが、もしこの一連の変更が無ければ、2005年モデルは恐らく全滅していただろう。前述のBtoBコネクタ重大不具合を凌駕する大問題に発展しても不思議ではない。これを事前に回避できたのは、品質監査部の舞羽さんが設計支援に入ってくれた一大成果である。

この件を境に、舞羽さんと私のエンジニアとしての仲は一気に深まり、この後のBtoBコネクタの重大問題に対応していくことになる。そして難題を切り抜けるごとに、舞羽さんは私の設計力を認め、私は舞羽さんの検証力に目を見張ることになるのである。

その場でコアCPU放熱設計を担当させている愛弟子の弓野君を呼び、即行指示を出した。

私「弓野君、舞羽さんに聞いて、すぐにこの放熱ゲルを入手してくれ!1・・。2次試作からは、これを使うから!2」**もう俺の判断で決定だ!1**
弓野君「えっ、本当ですか?」**課長の豹変ぶりに、さすがに驚いたようだ。**

この弓野君は課長になって初めて配属された新人である。最初に話をした瞬間に気付いた。この子は出来る。先ず俺の話す技術的な内容を的確に理解している。受け答えで判る。機械系出身者として電気屋の中で理解されずにきた私にとり、会社に入って初めての経験であった。だからこそ技術部で自分の後を継げる人材として育成するべく、コアCPUの放熱設計を担当させたのである。コアCPUの放熱に限らず、前述の大原君と共にオーディオナビ一体機と別体ナビECUの放熱設計まで、2005年モデルでは本当によく頑張ってくれていた。

実際この放熱ゲルは、取り扱いが非常に困難であった。2次試作の際は塗布量の管理の兼ねて、弓野君が自ら試作部の組付工程に塗りに行った。課長からは見えないところで随分苦労していた模様だが、それでも楽しそうにエンジニアとして仕事をこなしていた。

ファン形状決め打ちと最適化検証の結末

話は大分下って、2次試作の信頼性試験もかなり進み、量産試作の数ヶ月前の時期である。

量産試作とは製造部に対し正式出図し、量産ラインで製造する試作である。数量も数百台に及ぶ。そしてそのまま量産のラインオフに突入する手筈である。言うなれば、今まで訓練に明け暮れていた兵士が、ついに実戦投入される瞬間である。自動車業界で量産試作ともなれば、もう気合の入り方が尋常ではない。当然使用される部品も手作り試作品ではなく、量産本型を使用した量産品であることが求められる。我々が担当するCPUファンも例外ではなかった。

今回のCPUファンは、前述の如くファンメーカーのラインナップ品であるが、天板をカスタマイズして基板に取り付けるネジ締め部を設けている。この部分はテンソーのオリジナルであるから、詳細形状を図面で指示する必要がある。そして手番を考慮すれば、もう量産本型を起こすギリギリのタイミングとなっていた。

そんな折、舞羽課長が共に解析を行う部下を引き連れ、私の席まで訪れた。

舞羽課長「鷹騒さん、例のCPUファンですけど‥、基板へのネジ締め部をダイキャストから天板の板金に変更して、随分良くはなったのですが、まだもう少し剛性が高いようです。‥」

私「ありゃ、まだダメなんだ。確かに今の形状では、板金でも力逃げるとこ無いもんなあ～」

俺の抜けを舞羽さんはしっかり見てくれとるなあ‥と感謝しつつ、独り言の如く答えた。

舞羽課長「後もう少し、ほんのちょっとなんですよ‥」**この人にしては微妙な表現だなあ‥**

私「後ちょっとで良いの？」今更PCの真似してスプリング付きファンにする余地が無い。

舞羽課長「はい、ほんのちょっとで良いんです!1」もう何が何だかよく分からん会話だ。

しかし舞羽さんの表現のニュアンスから、僅かに工夫を凝らせば良い状況が伝わってきた。

私「実はこう成る事も有ろうかと、天板材質をバネ材のリン青銅に変更してあるんですよ…」

正直なところ、半分はアルミ板だと現場の作業中に曲がってしまうのを懸念して、実績のあるリン青銅に変更したのである。だがそれには触れず、自分のアイディアの説明を始めた。

もうこの頃になると、担当の弓野君は呼ばなくても横に控えている。忙しい課長に説明する二度手間を掛けさせない配慮もある。でも舞羽さんと私が話す内容は、須らく製品の設計品質に関わる重要事項である。設計フロアのオープンスペースで、周囲の人には理解できない内容であるが、弓野君にはその大切さが実感できるのである。もういつもの定番であった。

私「天板の四隅から出してるネジ締め脚の根元に、スリットを刻もう。これで基板のネジ締めに対して、相当剛性が下がるよ。今は量産試作の本型を手配するギリギリのタイミングなんですよ。舞羽さん、最適なスリットの長さを割り出すのに、正直どのくらい掛かりますか？」

舞羽課長「1ヶ月は必要ですよ…」もっと早く指摘できていればと、申し訳無さそうだ。

私「判りました。でも：それを待つとファンメーカーの本型が間に合わないので、ここは我々設計でスリットの長さを決め打ちします!1」納期を詰めて無理させると、別の問題が生じる。

もう弓野君は一緒にファンの図面を引いている外注設計者の蘇我君を呼んでいた。蘇我君も新人ではあるが素直で筋の良い設計者だ。皆でミーティング机を囲みながら話を続けた。

私「蘇我君、今ファンメーカーが本型起こすために出すこの天板の形状、これに少々変更を加える。四隅の脚の曲げを出すため、根元に最小限の逃げ形状作ってあるよねえ。幅1㎜だな。これを伸ばしてスリットを刻む。いいか?」蘇我君はすぐに形状の変更内容を理解した。

私「このスリットは、はんだ付け品質に関わる重要パラメータだ。でもそれを蘇我君に決めさせるのは忍びない。今ここで俺が決めるから、申し訳ないけどその通りに変更してくれ!1」

唸りながら上を向き、目をつぶって瞑想を始めた。いつもそうだが、頭の中に天板の形状を思い描き、スリットを刻んだ際の剛性をイメージした。だがいつもと違ったのが、頭がファンの中心のローター部として、天板の形状が頭のサイズからはみ出ていたことだ。要するに天板の形状を思い切りズームして、ビューポイントをファンの中心に持ってきたのだ。そうしてスリットを刻んだ脚の根元の部分を手のひらに見立て、まるで盆踊りをするかのポーズを取りながらで剛性の変化を想像してみた。ここで何を言っているのか不思議に感じる方には、ご容赦願いたい。機構屋なんてこういうものだ。実際にミーティング机を囲んでいた皆も:「この人何してんの!?」と呆れ気味に眺めていたと思う。

この間約10秒。イメージは固まった。自信を持って、きっぱりと宣言した。

私「決めた!1、４㎜!2、：３㎜では硬過ぎる、５㎜では軟らか過ぎるから、４㎜が良い!1」
その場の全員が「えー!2」と声を漏らしため、自身も驚きつつ蘇我君に指示を続けた。
私「幅１㎜だからストレート部を３・５㎜、R０・５付けてRの頂点で４㎜にするんだぞ!1」

どうやら４㎜では皆の予想とは懸け離れていた模様で…「これだけ大見得を切っておいて、たった４㎜かよ!1」という反応だ。怯まず自分の中のイメージを解説した。

私「だって舞羽さん：『ほんのちょっとで良い』て言ったでしょう!1それに本当は熱応力とかもっと別の要因だと思うけど、基板の凹凸で考えたら配線パターンの有る無しで20μm、対角線で考えても足して40μm、基板の形状変化って精精このオーダーでしょう?それに対して天板のバネ材のリン青銅の厚さは０・４㎜だから、４００μmだよ。この０・４㎜の板バネに対して、スリットの長さが４㎜だ。それぞれ10倍、10倍で、僕の中では大体良い感じでバランス取れとるんだよ。これで不味いかなー…」首傾げつつ、自身でも訳分からん説明を披露だ。

自分のイメージを上手く説明できないので、この解説が相当いい加減である。恐らく熱応力による基板の変形量は、CPUファンの脚のピッチ程度ならば数μmが精々だろう。四隅の脚の高さ公差の最悪値を組み合わせられると苦しいが、最後は本型でチューニングが可能だ。その上今回は基板に取り付けるのが分かっているのだから、ファンメーカーは脚の高さをキッチリ揃えてくるだろう。

板金プレスメーカーには2種類ある。自動車の配管カバーなどを作る寸法の粗いプレス屋。対して民生部品の精密プレスメーカーは相当精度が高い。さらに精度面で上に位置するのが、バネメーカーである。バネ材はスプリングバックがあり、プレス曲げするのに腕前が必要だ。比較的小物部品が多く、当然その分精密にもなる。天板の材質をバネ材のリン青銅に変更したもう一つの理由でもあった。


続けてBGAチップの実装信頼性とは全く別の視点から、スリットの長さを最小限に留めた設計要件を解説した。

私「だって：このCPUファンは基板にネジ締める時に、例の高粘度の放熱ゲルを潰さないかんのだよ。あんまり柔らかくすると、ネジ締め時に脚が曲がってファンの高さが変わっちゃうぞ。オーディオ一体機は搭載スペースがギリギリだし、接触の隙間も広がって放熱性能に影響出るかもしれん。それなりの剛性は必要なんだ。だから思いっ切りスリットを刻めば良いって訳ではないんだよ!1」**これは本音、冷静に様々な要因が懸念される。**

余りにも自信に満ちた話し振りに、皆は暫し沈黙した。すると何かを反論しようとした部下を抑え、舞羽さんが言い切った。長年解析をしてきた自身のイメージとも合致したのだろう。

舞羽課長「分かりました。鷹騒さんがそう言われるなら、我々はその値で解析してみます!1」

この頃には、後述するB to Bコネクタの対策案の件もあり、舞羽さんのこの私に対する信頼度は相当に高まっていた。それに定量的に指摘すれば、私は躊躇無く変更を加えるタイプだ。

私「解析して問題が有れば、すぐ指摘して下さい。直すから!1」妙な自信を基に決断した。


　この一件から3週間後、舞羽さんが技術部の設計フロアに現れた。普段からにこやかな彼であるが、この時ばかりは遊園地に入場した瞬間の子供の如く嬉しそうに、私の席に近づいた。いつもとは絶対に違う雰囲気に、慄きながら先に口を開いた。

私「ま、舞羽さん!1‥な、何かありましたか?!…」緊張すると、私は吃る癖があるのだ。

舞羽課長「鷹騒さん、まあ、まず僕の話を聞いてよ…」悪戯っぽく勿体振った。

眼前に検証資料が並べられた。件のCPUファンのスリットと基板ストレスの解析結果だ。

舞羽課長「鷹騒さんが決めたスリット4㎜、あれが最適値です。我々も驚きました!2」

　真っ先に報告書の真ん中のグラフを確認した。縦軸が基板ストレス、横軸がスリットの長さだ。スリット3㎜では、まだスリット無しの1／3程度ストレスが残存する。それがスリット4㎜では、ほぼゼロだ。スリット5㎜以上はサチっている。要するにスリット4㎜は、基板のストレスとファン取り付けの剛性確保の最適ポイントであるとの解析検証であった。

私「良かった～、舞羽さんありがとう!1じゃあ今のままでＯＫですね…」胸を撫で下ろした。舞羽さんと解析した部下も、弓野君に事実を伝えたらしい。関係者が集まり結果を喜んだ。舞羽課長「事業部の設計さんって、凄いねえー!3」しみじみと感嘆の念を表明してくれた。弓野君「設計が凄いんじゃないです。鷹騒さんが凄いんですよ～」課長へのお世辞入ってる。私「まあ今回は、たまたまですよ～」くすぐったい気持ちを抑え、一応謙遜して見せた。

我々は互いの仕事を讃えつつ暫し談笑した。２００５年モデルの設計業務で超多忙を極め、どんよりと重苦しい空気に覆われた技術部のフロアで、我々の一画のみが灯火で照らされたかの充実感で包まれた。最早亡者の列と化した周囲の者達からは：「あいつら、何を楽しそうに話しとんだ!?」と見えたに違いない。

想像するに品質監査部では、相当ハイグレードな設備を活用して、解析シミュレーションを行っているだろう。それで3週間掛かる最適値の計算を、あの瞬間に10秒程度で割り出したのである。しかも本人は自信たっぷりであったのだ。まあ多少の自信とそれなりの勝算があったものの、私自身も驚いているのである。推測ではあるが舞羽さんの認識の中で、エンジニアの能力の限界値の桁が跳ね上がったのではないだろうか？だが私は、心の底から感謝していた。これが最適値だと具体的に説明できる舞羽さんの方が凄いよ!3

思えば学生時代、数学が物凄く得意であった。でも実は嫌いだ。問題を見れば答えはすぐに解るが、それを証明するのが面倒臭いのだ。会社に入ってからも同じであった。問題の解決方法を考えているのは一瞬である。それを周囲に説明するのが大変なのだ。真に解決策を考えている時間は全体の10％も無い。残りの90％でその説明方法を考えているのだ。全くもって誠に効率が悪い。

だがこの時ばかりは、私の設計の妥当性を舞羽さんが検証してくれる。これは私の設計効率が10倍に跳ね上がったに等しい。エンジニア人生において、もうこれ程の幸せは無いだろう。

重大不具合に関する内密の情報交換

話は少し遡って、先の設計変更をした2次試作品が完成して、信頼性試験が進み始めた頃である。遅ればせながら、担当するオーディオナビ一体機の設計品質向上に取り掛かった。

トヨタマ向けオーディオナビ一体機の機構設計は、２００３年モデルから協業しているムラ雲が担当していた。というより元々ムラ雲設計の製品で、テンソーはナビ回路基板を供給するのみ。ムラ雲が完成させたオーディオナビ一体機を、テンソーが受け入れメーカーオプションとしてトヨタマに納入する形態だ。当然、機構設計の中身には全く手を出せず、テンソーにはその能力もマンパワーも無かった。

課長になる直前、２００３年モデルから担当している経緯もあり、ムラ雲からは機構設計について、実に多くのことを教わっていた。そしてムラ雲の機構設計に並々ならぬ敬意を払い、ムラ雲のメカ技術部のキーマンとも良好な関係を築いていた。

そこでオーディオナビ一体機の機構ＤＲを行うべく、育成も兼ね弓野君にＤＲの詳細項目をまとめさせた。内容は２００３年モデルからのオーディオナビ一体機の不具合のみならず、他のナビ製品の過去の事例も勘案し、今回の２００５年モデルで懸念される事項を列挙させたのである。各事例をまとめ、今回の懸念理由を書き込み、テンソーが考える対策処置を一部記入した。件のディスプレイ製品で全社展開された経緯から、オーディオ基板とナビ基板を電気的に接続するのＢtoＢコネクタの項目も、当たり前の如く前の方の目立つ位置に入っていた。

課長の私と新人の弓野君に加え、大原君と外注設計の天創テック（通称：天テク）石神君を伴い、綿密な機構ＤＲを企図しムラ雲に出張した。石神君は２００３年モデルからオーディオナビ一体機を担当する私をサポートしてくれた人物だ。若いが優秀で、随分助けれらた大切なメンバーである。

対するムラ雲はメカ技術部の弓削課長、２００３年モデルからの窓口であるベテラン設計者の矢口担当の他数名であった。弓削課長と矢口担当はオーディオナビ一体機を製品化した草分け的存在で、実力のある生粋の機構設計者であった。特に弓削課長は、私より１年前に課長となり少し年上の印象であった。さらに2003年モデルで互いに不具合対応した経緯もあり、本当に困った際のホットラインが繋がっていると認識していた。

会議の冒頭、このタイミングにて詳細な機構DRを行う狙いを表明した。

私「オーディオナビ一体機ではムラ雲さんと協業させてもらい、特に機構設計に関し全面的にムラ雲さんのメカ技術部にお任せしております。ですが2003年モデルでは、特にインターフェース部分で抜けがあって、お互いにその不具合対応で苦労しました。問題を起こすとその対応で工数を食われ、次期モデルの設計に影響を及ぼして、悪循環を起こします。2005年モデルではお互い決してそうならないよう進めたい。さらに今回はナビのコアCPUに関し、我々テンソーの方でCPUファンを取り付け放熱設計を行っている事情もあります。もう2次試作も評価が始まり今更ではありますが、特にナビとのインターフェース部分を中心として、過去の不具合なども交えムラ雲さんの機構設計の中身についても詳細な確認をさせていただきたい!1…」**これは心底から本当の気持ち。**

ムラ雲の機構設計に敬意を払いながらも、切実な想いを訴えていた。

弓削課長「我々も全く同じ気持ちです。ぜひよろしくお願いします!1」**淀み無く同意を得た。**

2003年モデルでの仕事振りで分かるのだ。私はムラ雲のメカ技術部とも対等に付き合っている。オーディオナビ一体機の設計を表裏無く説明してくれるムラ雲に対し、私も相手がどうしても困る部分までは踏み込まないことを知っているのだ。この辺は機構設計者同士の阿吽の呼吸であった。

弓野君がまとめた懸念事項のエクセル表をベースに、緻密な機構DRが進められた。そして最初の方に挙げられていた、オーディオ基板とナビ基板を接続するのBtoBコネクタの話題になった。弓野君は組付け時のストレスについての対策処置を伝えたが、弓削課長の反応に少々違和感を覚えた。そのままDRが進み、冒頭の前置きも長かったこともあり、前半の数項目で昼食時間になった。


昼食が終わり午後のDRが始まる少し前、会議室で待機する我々の前に弓削さんが現れた。

弓削課長「鷹騒さん:、ちょっと!1…?」まだ少し早い時間だ、何か内緒の話があるのか?

私一人を誘い会議室の端の出窓の所で、二人の内密の情報交換が始まった。

弓削課長「先程のBtoBコネクタの件ですが、あれはどういう経緯で挙げられたのですか?」

私「うちのディスプレイ製品で問題が出たらしく、横展開があって挙げてあるのですよ。」

弓削課長「あの:ムラ雲のディスプレイ製品でもテンソーさんと同じBtoBコネクタ使用してまして、かなり不具合が出ているんです。それで実は:、申し訳ないことに今回のオーディオナビ一体機でも、同じコネクタを採用しているんですよ…」苦しそうに、本音を漏らした。

私「うそ!1我々のオーディオナビ一体機も、同じコネクタなんですか!?」青天の霹靂だ!1
　このBtoBコネクタは2003年モデルから機構設計を依頼しているムラ雲の指定だ。テンソーのナビ基板の担当が、ムラ雲に指定されたBtoBコネクタを何も考えずに実装している。前回2003年モデルの0・8㎜ピッチから接続極数が増えた都合で、2005年モデルではより多極である0・5㎜ピッチのBtoBコネクタを採用していた。2003年モデルの際には何も問題が無かったため、ナビ機構屋の私の目もスルーしていた。

弓削課長「ディスプレイ製品とは基板間の距離が違うので高さは異なりますが、同じメーカーの全く同一タイプのコネクタです。我々もディスプレイ製品で実績があると考え、オーディオナビ一体機で採用したのですが、ムラ雲のディスプレイ製品で大変な問題になっているので、ご相談したんです…」

私「でも原因は、製造部の組み付け順序の問題で、それでBtoBコネクタのはんだ付け部にストレスが掛かったと聞いていますが…、組み付けをちゃんとすれば大丈夫じゃないですか？」

弓削課長「我々もそう聞いて生産現場の組み付けを直したのですが…、その直した後のロットからも、まだ市場不良で帰って来てるんですよ…。ムラ雲も、もうどうしようも無くなって、困っているんです…。鷹騒さんは、何かご存じないですか…？」心底から困った様子だ。

自社の市場不良の情報も出して、内密に私に相談してきたとは、これはもう緊急事態だ!!

私「実はこのＢtoＢコネクタ不具合、うちのディスプレイ部隊からは全く情報が入らなかったんです。私も品質監査部からの全社展開で知ったんですよ…」**社内の事の重大さを伝えた。**

弓削課長「テンソーさんの中では、そんなことになっているのですか?!」**実情に驚愕だ!!**

こうなったら弓削さんから、純粋に可能な限りの情報を聞き出そうと考えた。

私「このＢtoＢコネクタを使用したディスプレイ製品は、流動してどのくらい経ちますか？」

弓削課長「約１年です。テンソーさんのディスプレイ製品も同じくらいだと思いますよ。」

私「たった１年で!!はんだ付け不良で、市場から戻ってくるんですか!?…」**正に驚天動地だ。**

弓削課長「ムラ雲では大体は２～３ヶ月ですが、短いものは１ヶ月で帰ってくるんですよ!!」

この尋常ならざる事態を認識し思った。このＢtoＢコネクタの件、うちのディスプレイ部隊は何でこんな重大な事を隠しているのか？これは絶対に何かある!!何やらテンソー社内の不穏な空気を感じた。そしてムラ雲の不具合情報も含め、内密に相談してくれた弓削さんに応え、確約を宣言した。

私「この件、私が会社に戻って、責任を持って調べます!!今日はこのＢtoＢの件を飛ばして、ＤＲを続けましょう…」**この問題への対処は、テンソー社内でも情報収集が不可欠だ。**

弓削課長「判りました。鷹騒さん、よろしくお願いします!!」**重い言葉を受け取った。**

驚愕の真実と偽りの理由

会社に戻ったその夜、一人で考えた。どうやって調べるか?自分も子供ではない。これ程の重大不具合を隠蔽しているディスプレイ部隊の役職者に、のこのこと聞きに行く気持ちは微塵も湧かなかった。製造部が組付け順序を変えた件で、元部下の藤森君を使い探りを入れてきたくらいだ。何か余程後ろ暗い事があるのだ。真正面から問い掛けても、正直に情報開示するとは思えない。仲間であるディスプレイ機構設計課も、回路基板に実装されたＢtoＢコネクタのはんだ付け不良となれば、電気屋のディスプレイ製品担当課の言いなり状態だろう。

そんな想いに囚われながらも、すぐさま正解に辿り着いた。このＢtoＢコネクタ不具合は、品質監査部からの全社展開である。今時点で唯一信頼できる人物は、設計支援に入ってくれている品質監査部の舞羽さん唯一人だ!1

翌日、いつも通り技術部のフロアに現れた舞羽さんに、神妙な面持ちで相談を持ち掛けた。

私「実は、昨日２００５年モデルのオーディオナビ一体機でムラ雲に機構ＤＲに行ってきたんですよ。その場でナビ基板とオーディオ基板の間のＢtoＢコネクタの話題になって、ムラ雲の課長さんの様子がおかしかったんです。後で昼休みに、その弓削課長さんに私だけ呼ばれて、内密の相談を持ち掛けられたんです。……」**弓削さんとの話を、包み隠さず打ち明けた。**

舞羽課長「2005年でも、あのBtoBコネクタ使ってるんですか!4」驚愕の事実だ!1
私「そのBtoBコネクタはムラ雲の指定でうちのナビ基板担当が実装しているんで、機構設計の私もノーマークでした。大体この不具合の件は、同じ技術部だけど我々ナビ部隊には情報が全く入ってこなくて、そもそもディスプレイ製品でどんなBtoBコネクタを使用してるのかも知らないんですよ。私も品質監査部の全社展開で知ったぐらいなんです。それで原因は組み付けの問題とされていたので、ムラ雲との機構DRでも懸念事項として挙げてあったんですよ。だけど…弓削課長さんが言うには、ムラ雲のディスプレイ製品では組み付けを見直した後も、相変わらず市場不良で帰って来るんだそうです…」全社展開との矛盾を突き付けた。

　それは険しい表情で話を聞く舞羽さんを前に、根拠の無い確信を抱きつつ尋ねた。

私「この不具合は、品質監査部からの全社展開ですよねえ、…舞羽さんは何かご存じないですか?…」怪訝な面持ちで、舞羽さんの顔を覗き込んだ。
この問い掛けに思い詰めた様子の舞羽さんは、意を決したかの如く説明を始めた。
舞羽課長「このBtoBコネクタの解析は、実は僕が行ったんです。…」正に大当たりだ!1

　真に驚いたのは、何と!1この説明資料が、舞羽さんが脇に抱える書類入れの中にあるクリアファイルから出てきたことだ。驚く無かれ!1舞羽さんは、説明資料をそれは大切に持って歩いていたのだ。これは一体何を意味するのか?……

加えて驚かされたのは、その説明資料の完成度である。原因を分析した生データではない。舞羽さんが解析した一般人には理解不能な詳細資料でもない。技術部の素人共でも理解できるよう、解析のエッセンスを簡単にまとめた完成資料だ。これを見て真の原因を理解できん奴は馬鹿だ!1エンジニア失格である。

個人的な理解で説明をまとめるとこうだ。このＢtoＢコネクタの構造は、先ず厚さ０・２㎜の板金を端子形状に打ち抜く。それを０・５㎜ピッチで面に平行に並べ、樹脂で極数分モールドしてハウジングを形成する。基本構造もメーカーの製造工程も、極めてシンプルで小型かつ低コストな設計だ。

問題は多極で小型化するため、端子のピッチが０・５㎜しか無いことだ。そのため端子をはんだ付けする基板上のランド幅が０・３㎜しか取れない。隣のランドと絶縁幅が最低０・２㎜は必要となるからだ。その幅０・３㎜のランドに、幅０・２㎜の端子をはんだ付けするのである。結果、左右共に50㎛しか余裕がなく、はんだ付けの際に端子の両側面に充分なフィレットが形成できない。しかもこのＢtoＢコネクタの端子が、完全にランドの中心に位置決めされるとは限らない。少しでも左右にずれれば、片側１００㎛でも反対側は断崖絶壁、フィレットは全く存在しない。ほんの僅かの製造誤差でも、端子のはんだ付け強度が大きくばらつく結果となるのは必定だ。
※ランド：電子部品を表面実装するため、回路基板の配線パターンが剥き出しになった部分。その上にはんだ材料を乗せ、熱を加えて各種電子部品の端子部分をはんだ付けする。
※フィレット：はんだ付けの際、電子部品の端子周囲に形成される。はんだの濡れ性により、端子の側面部分にはんだが這い上がり、端子底面より一回り広いランド面との間で、立体的なコーナーR形状になるのが理想。これが不十分だと端子の底面しかはんだが付かず、且つ材料力学的に応力集中が生じ、はんだ付けの強度が充分に確保できない。（これが僕の理解だ）

舞羽さんの解説を聞きながら説明資料に目を通し、即座に真因を理解して結論を下した。

私「これー、そもそもはんだ付けの強度が足りないいんじゃん!1これはコネクタの基本設計の問題で、組み付けの所為じゃないよ!1」**品質監査部が全社展開した原因を、真っ向否定した。**

舞羽課長「実はそうなんです。そもそもはんだ付けに問題があるんですよ!2」**やっぱりだ!1**
全社展開との驚愕の矛盾に、うつむいて説明資料を凝視しながら、声を絞り出した。

私「舞羽さん居る品質監査部が付いていながら!2どうしてこんな変なことになっとるんだ!3」

舞羽課長「いや…、今回の件は余りにも大きな不具合だったんで：、品質監査部としても：、まずは組み付けの問題として：、展開せざるを得なかったんです…」**相当の苦悩が滲み出た。**

普段は極めて理路整然としている舞羽さんの説明が、この瞬間だけ支離滅裂になっていた。

こんな事は後にも先にも全く覚えが無い。その背景を想像した。舞羽さんも品質監査部内で随分抗議したんだ。ディスプレイ部隊の責任者にも懇切丁寧説明しただろう。だが通らなかったのだ。恐らく舞羽さんは解析するのに少々時間を要した。その間に製造部が組付けの順序を変更した事実も判明し、組付けのストレスの所為だと結論付けられた。役員や客先にも報告した手前、覆し様の無い真実にされてしまったのだ。それでも訴えた舞羽さんに、上司は諭しただろう…「側面にフィレットが必要だとしても、0・5㎜ピッチでは具体的に直し様が無い。設計さんだって困るだろう。現場の組付工程を直したのだから、まずそれで様子を見よう!1」と。舞羽さんは、もう忸怩たる思いで見送ったに違いないのだ。…だからこんな説明資料を、後生大事に持って歩いているのだ。

それが資料を見せるや否や、同じ技術部の私から「こんなもの組み付けの所為じゃない!1」と、一刀両断に宣告されてしまったのだ。その上「品質監査部が付いていながら!2…」なんて責められて、自分の言い訳など一切せず、品質監査部の看板を背負い苦しい説明をしている。この時の舞羽さんの気持ちは想像するに忍びない。

そもそもディスプレイ部隊の責任者は、何で組付けの所為にしているんだ。舞羽さんの説明資料見て解らんのか?ディスプレイ部隊とは言え、不具合を組付けの所為にして機構屋ばっかり働かせやがって!2：今回はたまたま製造現場が組付け順序を変更したんで、製造部の責任になったが：、機構屋はケースの寸法公差や出来栄えの確認など、走り回らされているだろう。その逆に問題のＢtoＢコネクタを実装している基板屋は何もしていない。本当は基板へのはんだ付け強度が問題であるのに、自分達基板屋は何も直したくないので組付けの所為にしているのだ。重大不具合の責任から逃れる為に、電気屋共が自分達に不都合な真実から意図的に目を背けているのだ。回路基板を担当する電気屋ばかりが幅を利かせてきた車載ナビ技術部では、いつもの醜性だ!3

テンソーには格言がある。それは「はんだ付け部に、ストレスを加えるな!1」なるものだ。だがこれは間違っている。正確には言葉足らずだ。ストレスを加えるなと言っても、取り分け一定の力で加わり続けるストレスだ。材料力学で言うところのクリープ試験で加えられる荷重である。はんだの場合は、他の金属材料と比べ融点が低い。たとえ常温でもこのクリープ荷重に対する耐性が極めて低いのだ。そのため僅かでも一定の力が加わり続けると、はんだ付け部が破断し導通不良に至る。

全ての電子部品のはんだ付け部には、何らかのストレスが加わっている。先ず地球の重力が存在する。電子部品は自らの重量を、そのはんだ付け部で支えねばならない。加えて車載製品には、走行時の振動加速度が常に加わる。さらに環境による温度変化や電源ON／OFFよる自己発熱などの熱応力が繰り返される。常に力の流れを意識している機構屋には常識である。現実には様々なストレスが加わるのだ。故にはんだ付けを確実に行った上で、その強度を確保する事が最初の基本なのだ。

ところが初歩的なこの道理を全く理解していないのが、考えの浅い電気屋共だ。奴らは僅かでもストレスの要因を嗅ぎ付けると、そのストレスの性質も議論せず思考停止に陥る。そして「ストレスを加えるな!1」という格言を金科玉条の如く振りかざし、鬼の首を取ったかの如く歓喜する。そして今回は全てを生産現場の組付けの所為にして、自らの責任逃れをしている。私から見たら愚か者の極みだ。もし本当にこの格言を厳格に守るのであれば、製品は出荷できないぞ!1「製品抱えて宇宙空間で、岩になっちまった超生物と仲良く並んで漂っていろ!3」と言ってやりたい!2

大体、材料力学も学んだ事の無い電気屋が、エンジニアの議論でストレスを語るのはおこがましい。応力や歪、すなわちストレスやストレインの単位も知らんのだろう。

そもそも回路基板は反っているのだ。電子部品を実装する前のプリント基板の段階で若干の反りがある。そのプリント基板に電子部品をはんだ付けする際に、高温炉ではんだを溶かすのであるが、その際に回路基板の重量でさらに反る。そして組付けをする際に、図面に平面度が規定された板金ケースにネジ止めされ、回路基板の反りは矯正される。結果として回路基板に実装された電子部品のはんだ付け部にも、当然ストレスは生じる。だが通常の許容範囲程度の反りであれば、そのストレスは製品の高温検査の際に抜けてしまう。材料力学で言う部材内部の残留応力を緩和する際に行うシーズニングの概念だ。私はそう考えている。要はストレスの程度の問題だ。普通に正しく組付けて、はんだ付け部に問題が生じるのであれば、それはもう電子部品の構造に問題があるのだ。


ともあれ前記の憤りを一瞬イメージした後に、オーディオナビ一体機の問題に話を戻した。

私「これ：、ムラ雲さんも含め、コネクタを何とかせなあかんねえ!1」これは決定事項だ!1
舞羽課長「はい、鷹騒さん!1何とかして下さい!2」遂に賛同者を得て、必死の想いだ。

何と!1自分の担当製品での問題なのに、品質監査部の舞羽さんから頭を下げられてしまった。

私「舞羽さん、この説明資料の写し、僕に下さい!1」自らが血路を開く決心を固めた。

舞羽課長「これをそのままどうぞ!1僕はまたプリントアウトするから：」

余程の想いを込め、持ち歩いていたと想像に難くない説明資料を、それは重く受け取った。

難局打開への独断専行

どう動くか作戦を考えた。どこから切り崩そうか？ディスプレイ部隊は問題外、あいつらは無視だ。情報隠蔽されているため、ナビ部隊の連中も具体的な実態は今はまだ何も知らない。室長以上では多少の情報が共有されているやも知れないが、飽く迄も全社展開された表面的な事実だけであろう。これでは車載ナビ技術部は絶対に動かせない。味方は舞羽課長のみだが、品質監査部でも組付けを原因として全社展開している以上、オフィシャルには期待できない。先ずは自社の市場不良の情報も出し、内密に相談をくれたムラ雲の弓削課長に義理を果たし、味方に付けよう!1

機構ＤＲで遣り残した懸念事項を確認するとの建前で、早速ムラ雲に飛んだ。前回と同じムラ雲の会議室でＤＲが始まる前、プロジェクターを準備しながら担当者同士談笑しているのを横目に、これまた同じ出窓の所に弓削課長を誘い秘密の報告を行った。

私「ＢtoＢコネクタの件、社内で調べました。どうせディスプレイ部隊は本当のことを言わんので、全社の品質監査部に聞きましたよ。実はこのディスプレイ製品の不具合の件もあって、２００５年モデル全体で設計支援が行われていて、品質監査部から私のところに凄い人が来てるんです。ＣＰＵファンのＢＧＡチップへのはんだ付けの影響など、アドバイスを貰っているんですが、その人に聞いてみました。すると何とその人が、ディスプレイのBtoBコネクタの解析も行っていました。」情報の出所だ!1

舞羽さんの想いが込められた完璧な説明資料を取り出し、弓削さんに話を続けた。

私「結論から言うと、組み付けの所為ではありません。この説明資料はテンソーの品質監査部の資料なので、ムラ雲さんにはお渡しできません。本当はダメなんだけど、弓削さんだけは今此処で見て下さい!2…」内部資料だが、もう構いはしない!1責任は俺がとる。

私の理解に基づき、コネクタのピッチ0・5㎜、基板のランド幅0・3㎜、端子の幅0・2㎜の関係について、簡単に解説を加えた。

私「端子の側面のフィレット、我々はサイドフィレットと呼んでいますが、これが充分に形成されないので、はんだ付け強度が確保出来ていないんですよ。組み付けの要因がゼロとは言いませんが、そもそもコネクタの基本設計に問題があるとのことでした!1」真因のリークだ。

弓削課長「そうだったんですかー…!1…!2」全てを理解し、もう言葉を失っていた。

ムラ雲のメカ技術部も組付けの所為にされて、機構屋が余程責められていたと推察できた。

私「実はこの件は、テンソー社内でもまだ正式にはオフィシャルになっていません。ディスプレイ部隊も、未だに組み付けの所為としています。でも品質監査部の人から他にも様々な要因の説明も受けたけど、私から見て明らかにはんだ付け強度が一番の問題です。その上にムラ雲さんでも、組み付けを直したロットから市場不良出ていると伺っていたので、これが真の原因だと確信しました…」

　最後に今後の方針について、弓削さんに同意を求めた。

私「弓削さん、このBtoBコネクタは何とかしなければなりません!2私はオーディオナビ一体機の方で、テンソー社内で騒ぎたいと思います!1大谷室長にも打ち上げて、ムラ雲さんと一緒にやることになりますので、弓削さんもそのつもりでいて下さい!3」**本気の決意表明だ!1**

弓削課長「判りました!3ムラ雲の中は、この私がまとめます!5」**よし、もう完全に味方だ!1**

　この言葉を聞いた刹那、参ったと感じた…「俺は騒ぐ!1で、弓削さんはまとめる!1かよ…」マネージャーとしての格の差に、気圧されていた。と同時にそのお返しに「設計の専門性では貢献するぞ!3」と、奥底にあるエンジニア魂に火が付いていた。

　既にDR開始時間を10分も過ぎ、手持ち無沙汰のメンバーは課長二人で何を深刻に話しているのかと困っていた。皆に詫びつつDRを開始した。申し訳ないが内容は全然覚えてない。

　会社に戻った翌日、これまた設計フロアに現れた舞羽さんに開口一番謝った。

私「昨日ムラ雲さんにBtoBコネクタの件、話をしてきました。それで申し訳ないんだけど、舞羽さんの説明資料を弓削課長さんにだけ、僕の判断でこっそりと見せました。渡してないけど、品質監査部の資料なのに済みません!1」人の褌で相撲を取ったのを、率直に詫びた。

舞羽課長「鷹騒さん!2そんなこと気にしなくても良いよ!1全然問題ないから!3」もう即答だ。

この説明資料の内容は、私や弓削さんにとっては正に垂涎の事実だ。でも恐らく舞羽さんには、当たり前の朝飯前の屁の河童なのだ。大事なのは情報自体ではなく、その情報を生み出すノウハウと人材である。それに舞羽さんにとって本当に大切なのは、真実と品質であった。

問題の主原因とは異なる事実が一人歩きして、今また同じ不具合が再発しようとしている。品質監査部の一翼を担いながら、このどうしようもない矛盾を覆せ無い。真因を最も理解する舞羽さんのエンジニアとしての気持ちは……、最早この私の拙い文章では表現し切れない。

大体この事実をムラ雲に隠してテンソーだけで対策しても、トヨタマに報告すれば絶対に言われる…「知っとってなぜ黙っていた!1ムラ雲だって不具合が出てるんだ。対策必要なんだ!1早く言って来い!2」そして情報は間違いなく横展開される。トヨタマグループとはそういう所である。舞羽さんも分かっている。

少し間をおいて、ムラ雲への報告状況を説明した。

私「舞羽さんの説明資料を見て、もう弓削さんも絶句しとった!1：ムラ雲でも組み付けの所為にされて、弓削さんところのメカ技術部の機構屋さん達が相当に走り回らされとったみたい。

でもこれで間違いなく、ムラ雲にはエンジンが掛かりました。テンソーでも僕がオーディオナビ一体機で騒ぐって約束してきたから、今から大谷室長に説明に行きます。だから舞羽さんも一緒にお願いしますよ!1」さあいよいよ、ここから始動するのだ!1

この段階で私の行動の順番に違和感を覚える方も居られるだろう。全社展開される程の重大品質問題の再発を前に、上司への報告の以前に他社のマネージャーへ説明に行ったのである。だがこの件の発端は、弓削さんからの内密の相談である。この時点では未だ水面下での話で、裏で暗躍している段階だ。舞羽さんの説明にしても、全社展開の内容とは全く矛盾している。品質監査部の内部でどのように解釈されているか不明だが、舞羽さんの立場も水面スレスレと言ったところだろう。要はエンジニアとして互いの信頼関係のみを頼りに、非公式に情報交換していたのだ。そして遂に問題を正確に把握したキーマンが、両社で同時にトリガーを引くのである。ようやくここから水面上に浮上し、オフィシャルに全開で動き出すのだ。言うなれば正に、不朽のアニメで宇宙で戦っていた戦艦ヤマト発進!1の瞬間である。

舞羽さんを伴い大谷室長のデスクに詰め寄った。当時の大谷室長はオーディオナビ一体機の製品担当課と共に、ナビ機構設計課の室長でもあった。大谷室長に対して、突然前置きも無く事の重大さを説明した。

私「大谷さん!1先日2005年のオーディオナビ一体機で、ムラ雲にDRに行ったんだけど、ナビ基板とオーディオ基板の間のBtoBコネクタ、あれ：ディスプレイで重大不具合出しとるコネクタと同《おんな》じですよー!2」

大谷室長「何!1それ本当か!2」さすが大谷さん、不具合に対する感度はぴかいちだ。

私「高さは異なるけど、同一シリーズで基板にはんだ付けする部分は全く一緒ですよ。ムラ雲の指定で基板屋が実装しとるから僕も知らんかったけど、弓削さんから相談されて判ったんです。ムラ雲のディスプレイ製品でも凄い不具合出とって、困っとるみたい。これ：何とかせなあかんよ!1」

舞羽課長「絶対に何とかして下さい!3」品質監査部として、凄い勢いだ!1
私「大谷さん、これムラ雲との間でしっかりすり合わせて、対策とらないかんですよ!1」

二人の課長にこの勢いで迫られ、事の重大さを認識した室長は即座に指示を出した。

大谷室長「鷹騒君、社内の対策会議は君が招集してくれ。ムラ雲との間は俺が調整する!1」

大谷さんは、テンソーにおけるオーディオナビ一体機の草分け的存在だ。私に負けず劣らずのムラ雲びいきで、遥かに大きなホットラインを持っているのだ。

私「ディスプレイ部隊はどうします?あいつら誰か呼びますか?」これは結構重要な事だ。

大谷室長「詐偽沼室長に案内入れとけ!1そっから必要な人に回るわ!1」吐き捨てるが如し。

社内対策会議にて最終解決策を提案

オーディオナビ一体機でのＢtoＢコネクタ不具合の再発と称し、社内対策会議を開催した。案内には簡単な経緯に加え、ＢtoＢコネクタの設計に問題がある旨を記載した。二日後の緊急開催で会議室も確保できず、設計フロアのオープンスペースのミーティング机に召集した。

参加者は、ナビ機構設計課の私と品質監査部の舞羽課長、大谷室長の他、トヨタマ向けオーディオナビ一体機の製品担当課の岸部課長、回路基板設計課の茸市課長と当該ナビ基板を設計する岩棚担当、加えてディスプレイ部隊の詐偽沼室長とディスプレイの基板担当であった。

ディスプレイ部隊の参加者を見て、大いに不満を持った。なぜディスプレイの機構屋は誰も参加しないのだ。組付けの所為にされ、現在最も被害を受けているのは機構屋ではないのか？さては詐偽沼室長が同じ機構屋の私と結託するのを危惧し、開催案内を回さなかったのか？‥などと邪推した。

私「本日お集まりいただいたのは、開催案内にも記載しましたが、品質監査部から全社展開されたディスプレイ製品と同じＢtoＢコネクタが、２００５年のオーディオナビ一体機でも使用されていたからです。ご存知の通りこのＢtoＢコネクタはムラ雲の指定で……」

最初に、品質監査部の見解としてはんだ付けが問題である事実、その証拠としてムラ雲のディスプレイで組付工程を直した後も市場不良続いている状況を示し、このＢtoＢコネクタ自体を対策しないと問題が解決しない現実の大筋を、順序立てて述べた。

私「そこでこのＢtoＢコネクタのはんだ付けで、具体的に何が問題であるのか？品質監査部の舞羽課長から説明してもらいます。」品監部の言葉は重い。舞羽さんのアシストを期待した。

舞羽さんは、先に説明した資料よりもさらにシンプルに、核心となるコネクタ端子のサイドフィレットの問題を解説した。さすが舞羽さんだが少し余所余所しく居心地悪そうに見えた。恐らくディスプレイ部隊には既に説明済みであったのだ。都合の悪い者共からいろいろと疑義が差し挟まれていたと想像できる。だがナビ部隊の者達は基本正直だ。しかもこの俺の前置きの後で、舞羽さんの解説に異議を唱えるような者は誰一人いなかった。当たり前のことだ!1
ひとしきり前置きが済み本題の対策の検討に入る前、やんわりと不満を表明した。

私「同じ技術部で、何でこんな大事なこと隠しとるのよ!1組み付けの所為ばっかりにして!2」

睨み付け先から、最後尾で座っていた詐偽沼室長は、まるで苦虫を噛み潰すかの表情で顔を背けた。こいつが犯人だと確信した。相手に反論の暇すら与えず、本題の対策に切り込んだ。

私「とこんな文句を言っても問題は解決せんので、まずは叩き台として私が一案出します!1」

何故なら対策会議を開いても、問題は解消しない。大勢集って解決策が出来るのなら、誰も苦労しない。皆で知恵を出し合ってなどと言う幻想は、存在しない。解決策を閃くのは、基本その中の唯一人である。であるから先ずは自分一人で考えるのが正しい。現実的にその対処が可能であるならば、設計で突破口を開くのが、この俺の役回りなのだ!5

実はこの前日、有力コネクタメーカーの総合カタログを詳細に見ていた。各社の電話帳ほどあるコネクタ総合カタログを隅々まで捲りながら、代替のBtoBコネクタは無いものかと探していた。こういう時、機構屋は有利だ。カタログの外形図や写真を見るだけでコネクタの立体形状が把握できる。何故か担当設計者の頃に戻ったかの如く、エンジニアとして何やら楽しい気分で考えていた。

多忙を極める量産設計の課長が、日長半日カタログを眺めているのである。周囲には奇異に映っただろう。もしかしたら何やら変なオーラが出ていたやも知れない。偶然とも思えるが、普段は何人も相談に来る部下や外注設計者が、この時ばかりは誰も訪れなかった。もしかすると事情を察した大原君や弓野君が、それとなく配慮してくれたのではなかろうか?

各種コネクタ形状を眺めるうちに、今回のBtoBコネクタが採用された理由が実感できた。これ程多極で小型のコネクタが存在しないのだ。構造もシンプルでコストも安価に思われた。そうこうするうち、自分のイメージの中に何と無く勝ち筋が見えてきた。これを言語化しないまま会議に臨んでいた。

会議を主催する席上、勝ち筋の見えた自身のイメージをぶっつけ本番で言語化した。

私「まずこの案は、コネクタメーカーが出来るかどうか判らん!1：出来るかどうか判らんけど説明します。」

正直言えば、コネクタメーカーはやれば出来ると考えていた。だがこの台詞は大切なキーワードだ。ディスプレイ部隊に対し、仁義を切ったのだ。要は対策参画のチャンスを与えたのだ。

私「今回このBtoBコネクタのはんだ付け強度が確保できない理由は、端子のはんだ付け部分にサイドフィレットが形成されないからでしょう。舞羽課長の解説どおり、コネクタのピッチが0・5㎜なので、普通に考えたらどうしようもありません…」 **先ず問題点を改めて確認だ。**

ここからがアイディアの本番。身振り手振りを交え、頭の中のイメージの言語化を始めた。

私「ですから沢山並んでいる端子の…、まずは1本目の脚を長くして遠くに伸ばします。次に2本目の脚を短くして近場に降ろします。そして3本目の脚はまた長くして遠くに出します。さらに4本目の脚はまた短くして近場に置きます。そうしてコネクタ端子の脚を基板に対して交互に配置していけば、コネクタは0・5㎜ピッチのままでも、遠くに出した1本目3本目5本目：の脚は1㎜ピッチ、近くに置いた2本目4本目6本目：の脚も1㎜ピッチになります。

すると今0・3㎜しか取れないランドの幅が、えーっと幅0・8㎜取れて、端子の幅0・2㎜だから、左右で0・3㎜ずつ余裕が生まれて、サイドフィレットが充分に形成されると思うんだけど、どうですか⁉」いきなり最終解決策だ!1

手のひらでハイハイするような身振りを交え、自分がコネクタになったかの如く説明した。

私「これコネクタ業界では千鳥足って呼ぶんだけど、極稀にそういう形状のコネクタは存在します。脚を沢山出す目的だと思うけど、はんだ付けの為かは不明です。まあ今回のに合うのは無いけどね…」

前日に総合カタログを読破した感触も付け加え、奇想天外な対策でないことを印象付けた。

私「この案は基板のアートワークを修正する必要があるので、お勧めはしませんが…」

これは飽く迄も謙遜である。私自身もうこの案しかないと確信していた。もうこの案しか無いと考えながらも、皆の意見を促すため一応謙遜して見せたのだ。本当は強制ではなく基板屋の意思で決断することを期待したのである。

参加者達は暫く固まっていた。当然だ。このBtoBコネクタの根本的な問題点を解説された直後に、最終解決策を示されたのだ。言うなれば戦闘開始の合図と同時に、艦首の発射口から必殺大砲をぶっ放されたに等しい。だが暫くすると、次第に参加者から意見が出始めた。

岸部課長「そもそもこのコネクタを変更するのは、ダメなの？２００３年モデルのＢtoＢコネクタは使えないの？」当然の意見だ。過去実績のあるコネクタを使うのは正しい。

私「極数が足りないんですよ。このＢtoＢコネクタ程、多極で小型の物が無いんです。」

舞羽課長「コネクタ変更しても、ピッチが０・５㎜では結局同じことです……」まあその通り。

岸部課長「今のＢtoＢコネクタのピッチを変更することは出来ないの？」これも当然だ。

茸市課長「その方が基板のアートワークの変更が大きいよ!1」基板の都合しか考えてない。

私「計算したんだけど……、今の極数でピッチを０・５㎜から、例えば２００３年モデルと同じピッチ０・８㎜にすると、コネクタの横幅が長くなってナビ基板の外形からはみ出しますよ。大体10㎜ぐらい……」この手は無い。


こうして議論を続けるうちに、改めて自分のアイディアの有効性を再確認した。コネクタのピッチは変えず端子の脚の形状を変更するのみ。コネクタのハウジングや端子の接点形状には一切変更無し。最小限の変更ではんだ付け部の強度を確保することが可能だ。結果として製品の機構設計も変更する必要は無く、基板のアートワーク変更も最小限で済む。ピッチ０・５㎜でサイドフィレットが形成できず、はんだ付け強度が確保できないという根本的命題に対し、正にコロンブスの卵だと自負できた。

話をしながら一番の理解者である舞羽さんを見ていた。舞羽さんは、最初は目を丸くして私の案を聞いていた。そして暫くすると、何やら訝しげな表情を浮かべていた。私には分かる。解決策に疑問を抱いているのではない。多分こう考えていたと思う…「どうして参加者は誰も鷹騒さんの解決策に賛成しないいんだ!1自分には分からない設計だけが知る何かがあるのか？」…だがそれは買い被りだ。

今ここで明かそう。この技術部の設計は舞羽さんが考える以上に、もっと血の巡りが悪い。俺の解決策がスッと理解できんのだ。その証拠に舞羽さんと詳細に会話が成立しているのは、俺だけだろう。逆に俺の話を補足もせず理解できるのも舞羽さんだけだ。俺はこの技術部ではなかなか理解されず、いつも苦労しとるんだ。舞羽さんと話していて、いつも嬉しそうなのはその所為なのだ!1これはムラ雲や葛城のキーマンと話す喜びと全く同じなんだ。どうしようも無い現実であるのだ!1

とは言え舞羽さんは表立って私の解決策には賛成出来ない。理由はテンソー社内外における品質監査部の権威が極めて高い為だ。舞羽さんが設計の具体的対策案に意見をすれば、それは品質監査部の絶対的指示になってしまう。これは恐らく上司からも厳命されているのだろう。舞羽さんの使命は設計が気付かない問題点を指摘して、設計が行う対策内容の成否を検証することなのだ。舞羽さんはこれに徹しているのだと思われた。

ナビ部隊の皆は頭を抱え込んでいた。この解決策に限らずコネクタを変更するとなると、今この時点から基板のアートワークを修正しなければならない。回路基板設計課にとってはもう大打撃だ。製品担当課にしても信頼性評価を最初からやり直しとなる。恐らく量産試作に向け一発勝負だ。その上2005年モデルの設計業務で皆とにかく忙しい。心では分かっていても体が動かないのだ。

そんな我々ナビ部隊の様子を見計らったかの如く、最後尾の詐偽沼室長が発言した。

詐偽沼室長「組み付けで何とかならんのー!?‥」少しふて腐れ、他人事かの無責任さだ。

こいつ馬鹿か!4俺と舞羽さんの話が理解できんのか!3組付けを直した後からも返って来るとると言っとるだろうが。一体何にこだわっているんだ?‥ナビ製品でも全てを機構屋に押し付け、不具合再発をさせようとしとるのか?‥だとしたらお前は技術部の害虫だ!2テンソー社員にはあるまじき、獅子身中の虫だ!3

呆れ返って反論する気にもならんと眉を顰めていると、舞羽さんが毅然と反論してくれた。

舞羽課長「組み付けだけではダメです!5コネクタを直さないと絶対にいけません!7」来た!1私の解決策に対し、舞羽さんの立場での精一杯の賛同と共に、品質監査部のご指導であった。

舞羽さんのご指導もあり、詐偽沼室長の口車に乗せられる参加者は出なかった。ナビ部隊の連中も本当は分かっているのだ。この俺が組付けの所為じゃないと言ったらそうなのだ。俺は喧しいけど、技術に対して嘘はつかないことぐらいナビ部隊は皆知っとる。ナビ部隊とはそういうチームなのだ。大谷室長は黙って聞いていた。この解決策しかないと思いながらも、皆の腹に落ちるのを待っているのだろう。いつもの大谷さんの人身掌握パターンだと感じていた。

でも心の中で思っていた。量産試作までもう時間が無いのだ。この辺が大谷さんと私の感覚の違いだ。オーディオナビ一体機でディーラオプションのムラ雲納入から始めている大谷さんは、いつも量産直前まで結構ゴソゴソ設計変更していた。対して、別体ナビＥＣＵのトヨタマ工場直納で育ってきた私には、量産試作に対する気合が違うのだ。その上、量産試作後はもうアートワークは直せないと、基板屋を逃げ切らせる訳にはいかない。今この時点で決断して、関係部署が全開で動かないと、もう間に合わないのだ。だから初っ端から、艦首の必殺大砲をぶっ放したのだ。皆もそれを理解して、いい加減に降参しろよ!1内心は相当に焦っていた。

詐偽沼室長の横槍もあり、対策会議は時間切れとなった。提案した最終解決策は採用に至らなかった。この時点でナビ部隊の総意とならず、未だ私の掌中に納められていると認識した。と同時にディスプレイ部隊は、自分達の手で不具合を解決するチャンスを手放したのだ。

重大不具合を起こして問題のコネクタメーカーと窓口が開いているのは、ディスプレイ部隊なのだ。実際、我々ナビ部隊はコネクタメーカーと緊密なチャンネルを開けていない。最初に繰り返し「メーカーが出来るかどうか判らん!1」と言ったのは：「ディスプレイ部隊の方からメーカーに確認する」との回答が欲しかったのだ。仁義を切って折角チャンスを与えてやったのに、詐偽沼室長のあの態度である。

現場の組付けの所為にしてきた体面、解決策を提案できない技量の無さから生まれる嫉妬、ナビ部隊の為には指1本動かせない狭量な心、一体何が起因したかは理解の及ぶ所では無い。だがこれにより、自らが起こした重大不具合の真因を、共に解決するエンジニアの誇りまでも永遠に失ったのだ。

合同会議にて再び解決策を力説

社内対策会議に引き続き、ムラ雲との合同会議が開催された。私が召集した対策会議の直後に、大谷室長はムラ雲との電話会議をセッティングしていた。技術部の設計フロア脇のＤＲ会議室にて、対策会議に参加したマネージャー全員が集まった。対するムラ雲側は、電話会議で声しか分からないが弓削課長と恐らくオーディオ基板関係者の他、技術部の部長さんまで出席されていた。

電話会議で声だけの挨拶の後、お互いの状況説明が始まった。オーディオナビ一体機のBtoBコネクタ対策会議ではあるが、そもそもの発端は互いの会社のディスプレイ製品の市場不良である。お互いに靴の上から痒いところを掻くかのもどかしい議論であった。そんな中、痺れを切らしたかの如く、ムラ雲の側から本音の提案が出た。元々そのつもりであった模様だ。


弓削課長「もうこうなったら、お互いの市場不良の状況を開示しませんか⁉」待ってました‼

大谷室長「我々も同じ気持ちです。詐偽沼室長、良いですよね⁈」奴も渋々首を縦に振った。

弓削課長「ではムラ雲の方から先に言います…」上手い‼ムラ雲が主導権を奪った形だ。

こうなればムラ雲が詳細に出した分、テンソーも開示を求められる。教えられていないディスプレイ製品の市場不良の情報だ。テンソーの市場不良も把握していない私は、聞き耳を立てて開示を待った。


数字を聞いて愕然とした。大雑把な説明に因れば、ムラ雲は生産台数8千台弱を市場に出荷して約1500台、テンソーは5千台強で約1000台の市場不良であった。量産を担当して10年近くになるが、こんなに酷い数字は聞いた事が無い。20%近い不良率ではないか‼しかも量産してまだたったの1年だ。その上、市場履歴も出荷後2～3ヶ月。これでは品質監査部が出張って来る筈だ。それでディスプレイ関係者は後ろめたく、箝口令が敷かれていたのだ。

自動車部品の不良率は通常ＰＰＭ（百万分率：１００ｐｐｍ＝０・０１％）にて議論する。かつて担当したナビの主要センサーであるジャイロでは、１００ｐｐｍすなわち1万台に1個の工程内不良で、事業部の品質保証部門の室長から怒叱られていたものだ。当時のジャイロセンサーは部品メーカーの量産工程ではあったが、ほぼ手作り品で品質が安定していなかった。その後ＩＣと同様な自動化工程のメーカーに切り替えて全く不良が無くなると、何も言われず担当を外されてしまった。

瞬間的に、このディスプレイ製品の責任者はクビだと感じた。それで詐偽沼室長は、製造部の組付けの所為に固執しとるのか。確かに設計が組立参考図に記載した組付け順序を、変更した製造部は良くない。市場不良の原因としても、組付けストレスの要因がゼロとは言えない。だが真の原因はコネクタのはんだ付け強度が確保できないからだ。品質監査部の資料を見れば一目瞭然だ。

大体こんな重大不具合の原因を組付けの所為で全社展開されて、この組付け順序を変更した製造部の生産技術の担当者や関係する現場の班長さん達が、一体どんな気持ちになると思っとるんだ!1処分されることは無いにしても、内心では本当に苦しいと思う。このことだけはもう絶対に許せん!5

自動車業界では特に製造部の力が強い。製造部からやり難いと指摘されれば設計を直さなければならない。機構設計の私も担当の頃からいろいろと注文を付けられ、部品のコストを上げねばならず悔しい想いをしてきた。よく知る担当者の中には…「あいつらいつか干上がらせてやる」と呟く者もいた。ディスプレイ部隊も同様だろう。製造部に対して、設計は口には出せない怨念があるのだ。

でも本当は製造部の人の所為ではない。上層部の方針なのだ。そうやって製造工程を器用な日本人以外でもやれるようにして、海外生産したいのだ。自動車の如き重たい製品は、日本で完成させて、船でどんぶらこんと外国まで運ぶのは誠にナンセンスだ。現地にて生産するのが理に適っている。

であるからこそ我々設計が目指すのは、製品の共通化と製造の自動化なのだ。自動化が可能な設計にしておけば、人が組んでも楽だ。共通化を進めて台数を増やせば自動化の設備投資が出来る。そうなれば日本以外の何処でも生産できるし、品質も安定するのだ。上層部の方針を部長や次長のマネージャーが咀嚼し、具体的な方向性を示さないから製造部と反目するのだ。

随分脱線してしまったので、話を元に戻そう。遂にムラ雲から問題の核心が提起された。弓削課長「ムラ雲のディスプレイでは組み付けを直したロットからも、ほぼ変わらず市場から不良品が返って来ています。テンソーさんのではどのような状況ですか？」これが重要だ。
詐偽沼室長「我々のデータはひと月前ので、まだ確認できていない!1」誤魔化しやがって!2
ムラ雲に痛いところを衝かれ、口を濁すしか無いんだ。いい加減に認めろよ!1弓削さんに対し失礼だろう。まあ弓削さんにも私が舞羽さんの資料で説明済みだから、今更詐偽沼室長の狂言に惑わされることは無い。だがこれで少なくともナビ部隊では、組付け対策だけではNGとの認識が得られた。

その後お互いの質問や意見が出尽くし、会議が膠着したのを見計らい自ら勝手に動いた。

私「鷹騒です!1実は先程、社内の対策会議で私が解決策を一案出したんです。まだテンソー内では誰も賛成してくれないんだけど、ご参考にムラ雲さんにもお伝えします…」独断専行だ!1
先程の社内対策会議でナビ部隊の総意に至らなかったのが幸いした。提案した最終解決策は、只の思い付きで段階で、未だ私の掌中に納められていた。大谷室長も止めはしなかった。

弓削課長「それは何ですか？どうぞお願いします!?」藁にも縋りたい想いが伝わった。

私「弓削さんには先日口頭でご説明いたしましたが、このBtoBコネクタのはんだ付け強度が確保できない理由は、ピッチが0・5㎜でサイドフィレットが形成されないからです。そこで沢山並んでいる端子のまずは1本目の脚を長くして…。：いかがですか!3」全く同じ説明だ。

電話会議で声しか伝わらないが、社内会議と同様に身振り手振りを交え力説した。弓削さんであればこれで充分伝わるだろうと期待していた。だが暫く反応は得られなかった。

想像するに、弓削さんはこの解決策を即座に理解し、こう思っただろう。確かにこの案ならサイドフィレットを形成し、はんだ付け強度を確保できる。回路基板のアートワーク修正も最小限で済み、しかも機構設計は全く変える必要が無い。でもこんな美味しい解決策に、どうしてテンソー社内では誰も賛成しないいんだろう?…ああそう言えば、はんだ付けの件はテンソー社内でもオフィシャルでなく、ディスプレイ部隊は未だに組付けの所為ってぼやいとったなあ～。テンソーの中はナビ部隊とディスプレイ部隊は仲悪いみたいだし、基板屋もアートワーク直したくないんだろう。電気屋ばっかりのテンソー社内では、鷹騒ちゃんは機構屋一人で苦労しとるだろうな～…。

そして弓削さんは考えた筈だ。ここでムラ雲が何も動かなかったらどうなるんだ？鷹騒ちゃんは直接コネクタメーカーとチャンネル開いて動き出すかもしれん。その上この前の説明資料作った品質監査部の凄い人が付いてる…。解決策がテンソーで解析検証もテンソーだったら、ムラ雲は出る幕無しで置いてけぼりを食っちまうぞ!1鷹騒ちゃんが合同会議でわざわざ解決策説明しとるのは、ムラ雲に仁義を切って動けって言っとるんだ!1オーディオナビ一体機では、ムラ雲がこのＢtoＢコネクタを指定したんだから、ムラ雲がコネクタメーカーに直させるのが道理だ。ここはムラ雲が間に入り一肌脱ぐのが正解だ!1

解決策説明後、会議は再び膠着し時間切れとなった。主催者の大谷さんがまとめに入った。大谷室長「今日はまず互いの情報交換ということで、今後必要に応じ会議を持ちましょう。」電話会議の回線が切られんとした正にその時、弓削さんが自分の名前を言うのも忘れ叫んだ。弓削課長「ちょっと待ってくださーい!3先程、鷹騒さんが説明されたテンソーさんの解決策、それ、私、いけると思うので、ムラ雲からコネクタメーカーに問い合わせてもよろしいでしょうかー!?」来た～!3通った～!5

私「弓削さん!3お願いしまーす!7」誰も口を差し挟めぬよう、間髪を入れず依頼した。お互い声だけの電話会議ではあるが、二人は実に絶妙なアイコンタクトを演じたと言えよう。孤立無援のスイーパーの超ロングスルーパスが、正に敵も味方も18人抜きで、最強のセンターフォアードに通った瞬間であった。

ここで補足しよう。電話会議で身振り手振りも見えないのに、何故言葉の説明だけでこの解決策が弓削さんに理解されたのか？その答えは、まともな機構屋の頭の中には、自分が担当する製品の計画図３Ｄデータが存在するからだ。弓削さんには、問題のＢtoＢコネクタの詳細な三次元形状が想い浮かんだろう。しかも先日舞羽さんの資料で端子のサイドフィレットの説明済みである。コネクタの端子形状に加え、基板のランド幅やはんだの付き具合など、頭の中で詳細にイメージ出来た筈だ。そこに持ってきてこの最終解決策である。当然この選択肢しかないと確信したに違いない。

社内の対策会議でも誰からも賛同を得られなかった私の案に、真っ先に弓削さんが賛成してくれたのだ。要はBtoBコネクタの問題点に対する立体的な解決策のイメージが、互いの頭の中で直結したのである。この時点でこの最終解決策の本当の価値を真に理解していた人物は、エンジニアとしてその実力を尊敬する弓削さんと舞羽さんのたった二人であった。

最速対応からの解決策確定

翌日のことである。昼の休み時間が終わるや否や、もう待っていたかの如く私の直通電話が鳴った。急ぎの連絡でも昼休み時間には電話をしないのが礼儀である。その上に昨日の今日で昼休み直後、何と無く予感があって電話を取った。予想通りムラ雲の弓削さんからであった。

弓削課長「昨日説明頂いた鷹騒さんの案、メーカーに話したら簡単に出来るそうです!3」

私「ああ~出来るんですか!1良かったー」**安堵と共に、最速の対応だと感激した!1**

弓削課長「コネクタメーカーは端子を打ち抜く型を直すだけで、生産工程はそのままでいけるそうです。その上そんな簡単な修正で直るんならと、メーカーは大喜びしてまして…、端子の打ち抜き型だけ試作で作って、何と!1２週間後には!1対策修正したコネクタの評価サンプルを出すと言ってます!1」正に瓢箪から駒だ!1
私「それって~、我々の基板のアートワーク修正の方が、間に合わんのじゃないですか？」

嬉しい気持ちとは裏腹に、電気屋が慌てふためく様子を想像し、意地悪っぽく問い掛けた。

弓削課長「そうーなんですよ!3ですから今ムラ雲の電気屋では『オーディオ基板はどうやって間に合わせるんだー』て、大騒ぎになってるんですよ!1」何だかとっても嬉しそうだ。

私「分かりました。私も今から大谷室長に説明して、ナビ基板も直すよう説得します!1」

弓削課長「後、コネクタの脚の形状は、メーカーから３Dデータで３日後、いやあさって届きますので、テンソーさんの方でもよろしくお願いします!1」ここからランドの修正開始だ。

弓削さんは、対応スケジュールまで完全に調整していた。昨日の電話会議の直後、あの解決策の考え方を寸分違わず伝え、コネクタメーカーを本気全開にさせたのだ。その上、午前中にメーカーから対応スケジュールを取り付けて、ムラ雲の社内をアクセル全開で始動していた。この時まだコネクタメーカーと一面識も無かった私には、到底不可能な対応スピードである。正しく凄いの一言だ!1
恐らく弓削さんは、こっそり説明されたはんだ付け強度不足の真因を根拠とし、ムラ雲社内を説得したのだろう。弓削さん一人に極秘で開示された舞羽さんの解析資料の情報だ。ムラ雲社内ではもう誰も疑義の挟みようがない。トヨタマグループ内におけるテンソー品質監査部の権威を盾に、コネクタメーカーのみならずオーディオ基板部隊までも動かしてしまったのだ。そのくらいの実力者なのだ。

私「弓削さん、これはもう絶っ対!1やらないかんねえ!2」感動が言葉になった。

弓削課長「ええ、やらないかんです。ムラ雲はもう動き出しましたから。鷹騒さん、テンソーさんの方もよろしくお願いしますよ!1」よし、ここから先は、もう俺の番だ!1

まあ何て気持ちのいい会話だ。打てば響くとはこのことだ。テンソー社内の困った部隊より、協業先のキーマンの方が誠に頼りになる。俺のエンジニアの心を本音で解ってくれる喜びは、もう例え様が無い。

　感激に浸りながら電話を置くや否や、舞羽さんが技術部の設計フロアに現れた。この頃になると舞羽さんは、先ず私の席に直行するのが常であった。昨日の対策会議までとは少々様子の異なる私の雰囲気に、舞羽さんは何事かと急いで近づいてきた。その問い掛けも待ちきれず、先に口を開いた。

私「昨日説明した千鳥足の案、ムラ雲がメーカーに聞いたら、簡単に出来るんだってー!1」

舞羽課長「え!3本当に出来るんですかー!7」私以上に表情が明るくなり、凄い喜び様だ。やはりこの解決策の有効性を真に理解し、大賛成だったのだ。ディスプレイ部隊に仁義を切り「メーカーが出来るかどうか判らん‥」との言葉を、正直な舞羽さんは額面通りに受け取っていたようだ。

大喜びしたメーカーからコネクタ端子の形状データを明後日、評価サンプルを2週間で入手できること、ムラ雲の電気屋がアートワーク修正を大騒ぎで動き出したことなどを告げた。

私「今からナビ基板も直すよう、説得しに行きます。舞羽さんも一緒にお願いしますよ。」

俺も弓削さん同様、ムラ雲と品質監査部を梃子にして、技術部の盆暗共をその気にさせよう。

舞羽さんと共に、またしても大谷室長のデスクに詰め寄った。もう最強コンビであった。

私「大谷さん、昨日説明した案、ムラ雲がメーカーに聞いたら、簡単に出来るそうです。」

大谷室長「あれメーカー出来るのか!?」大谷さんまで俺の言葉を真に受けてたのか?

私「そんなことで直るのかとメーカーが喜んでしまって、何と2週間後に試作用の評価サンプルが出てくるそうです。もうムラ雲ではオーディオ基板のアートワークが間に合わないって、大車輪が回りだしたみたいです。」

舞羽課長「テンソーも、絶対!1やって下さい!3」もう一歩も譲らない勢いだ。

大谷室長「んー、でもディスプレイ部隊の方をどうするか…」何か引っ掛かりがあるようだ。

　大谷さんは考えているのだ。このBtoBコネクタはディスプレイ部隊が最初に採用した部品だ。未だにオフィシャルには組付けの所為として対策をしている。それを後から採用したナビ部隊が、はんだ付けを主因としてコネクタを形状変更し、勝手に対策して良いものか？これは技術部として波風立たないか？ディスプレイ部隊、いやもっと上から横槍が入らないか？…!1

　大谷さんの懸念を察し、このBtoBコネクタを対策変更できる政治的な言い訳を主張した。

私「大谷さん、このBtoBコネクタは、オーディオナビ一体機ではムラ雲の設計分担で、ナビ基板でもムラ雲の指定で使用しとるんだよ!1そのムラ雲が『直す!2…』て言っとるんだから、ナビ部隊は『はい、判りました!1…』て直せば良いんだよ!1」どうだ!1理屈は通るだろう。

大谷室長「そうだなー、ムラ雲が直すって言うなら、我々も直せば良いんだな!?」よっしゃ!1
私の理屈に大谷さんは納得した。先ずはディスプレイ部隊との協調を諦めさせよう。舞羽さんの解説も聞きながら、未だに組付けの所為にしている輩など、もう相手をしていられない。

私「ディスプレイ部隊‥、あいつら流動してたった1年で千台も市場から不良で戻ってきて、思考停止に陥って固まっとるんだ!1‥昨日でも対策会議でこの俺が解決策まで出しとるのに、自分達からコネクタメーカーに聞くって一切言わんじゃないか？ムラ雲の弓削さんの方が全然頼りになるよ!1」これは本気、しかも真実。

後は量産試作を前にしたこの時期に、基板のアートワーク修正を行う決断を促すのみ。もう土俵際だ。ここで動かなければ間に合わないと、最後にダメ押しの殺し文句を吐いた。

私「僕たちは、幸いまだ流動前だよ。だからもうディスプレイ部隊なんか放っといて、僕たちナビ部隊の方で先に直しちゃおうぜ!1大谷さん、オーディオナビ一体機は汎用機で色んな車に付くんだよ。車種専用のディスプレイ製品とは、流れる台数の桁が違うよ。それがあの割合で市場から戻ってきたら、もう洒落にならんぞー!5」俺はもう絶対に許さん!3

長年オーディオナビ一体機で苦労してきた大谷さんに、この脅しは心底こたえるだろう。

舞羽課長「品質監査部としても!1絶っ対に!1容認できません!5」水戸爺さんの印籠が出た!1

見てはいないが、いつもにこやかな舞羽さんの顔は、この時きっと鬼の表情であっただろう。

大谷室長「鷹騒君、判った!1回路グループの方は、この俺が説得する!2」弥七も降参だ。

二人の課長に詰め寄られ、大谷室長は決断した。こういう判断は的確だ。やはり技術部の量産設計で、この私が最も信頼する室長であった。

当時は車載ナビ技術部の組織上のバランスか、機構設計グループはオーディオナビ一体機を担当する大谷室長の配下にあった。対して回路基板設計グループは、ディスプレイ製品を預かる詐偽沼室長の下にあったのだ。だが大谷室長は、茸市課長との長年のニコチンホットラインで何とか説得するのだろう。たまにはタバコ部屋も役に立つのだ。

その後の経緯と活躍への評価

直後にナビ基板を設計する岩棚担当から聞いた話である。当時の回路基板設計グループは、ナビ基板とディスプレイ基板が統合され、同じ茸市課長の下にあったので尋ねたのだ。

私「岩棚ー!1お前ん所の回路グループ、BtoBで不具合起こしたディスプレイの基板も担当しとるのに、どうしてナビ基板でも再発しとるんだ?同じコネクタって、だーれも気付かんかったのか?」**何故か彼だけは呼び捨て、ナビECU設計課以前からの付き合いだ。**

岩棚担当「後で聞いたんだけど、ディスプレイの基板担当は、このBtoBコネクタをナビ基板で使っとるの、実は知っとったみたい。俺たちがナビ基板に実装しとるのを後ろで見とって：『アイツ等またあんな危ないコネクタ使ってやがる。関わり合いにならんようにしよう…』ってなっとったみたいだ!1」

私「お前ら、同じグループで背中合わせで座っとって、一体どうなっとるんだ!1」**耳疑うぞ!1**

当時はナビとディスプレイの回路基板設計グループも統合されたばかり。茸市課長も掌握し切れなかったのだろう。同じ課内で足の引っ張り合いをしていたのだ。とは言え品質に関わる問題だ。テンソー社員としてあるまじき行為だ。交流のある機構設計グループを除き、ディスプレイ部隊は全く性根が腐っていると実感した。だが詐偽沼室長の態度から当然とも言えた。上が腐っているから担当もおかしくなるのだ。


ちょうど次の週であったか、オーディオナビ一体機の製品担当課長が耳打ちしてきた。

岸部課長「2005年モデルの2次試作だけど、熱衝撃試験が〇〇サイクルでNGになった。例のBtoBコネクタのはんだ付けがダメになったよ…」まあ当然だ。驚きは無い。

私「よく〇〇サイクルまで持ちましたねえ~」品質規格のほぼ半分のサイクル数だ。

岸部課長「その前のチェックが△△サイクルだから、その直後に死んだかも知れんけど…」

私「それでも凄いよ。ディスプレイ製品では、市場から2~3ヶ月で戻ってくるんでしょう？大体ディスプレイ部隊は、どうやって熱衝撃試験を通したんだ。あいつら本当に試験しとるんか?!」もう不思議の一言。

岸部課長「分からんけど…、たまたま通っちゃったんじゃないの？」そんなの可能か？

私「そんな不思議なこと有るんかな？解からんな~」妖怪にでも取り憑かれているのだ。

でもこの試験結果から、決して舞羽さんの壮言大語や、私の誇大妄想で無いと証明された。

そもそもムラ雲設計のオーディオナビ一体機は、ナビ基板を取り付けたフレームに、BtoBコネクタで位置決めされたオーディオ基板をネジ止めしていく積み上げ構造である。組付け順序によりBtoBコネクタにストレスが掛かる構造ではない。問題のディスプレイ製品のように、BtoBコネクタで接続される電源基板と描画基板が、それぞれのフレームにネジ止めをされ、その二つのフレームを合体して側面からネジ止めすることも可能な、冗長的な紛らわしい構造ではなかったのだ。

これで大手を振ってナビ部隊としても、信頼性試験結果の根拠に基づき正式に対策できる。通常は信頼性試験でNGが出た後、製品担当課を中心に大騒ぎで原因究明と対策検討に走る。特に熱衝撃は試験期間が長いため、量産試作に間に合わせるのは大変だ。だがこの時ばかりはこの私の大騒ぎで、既に対策の大車輪が始動している。本当に岸部課長には感謝して欲しいと思った。逆にだからこそ岸部課長は、わざわざ話してくれたのだ。

テンソーでも大車輪が回りだした後、この件についてもう私の仕事は終了していた。千鳥足の端子の形状変更はコネクタメーカー。それに合わせたランド幅変更とアートワーク修正は、各社の回路基板担当。その結果の解析検証は品質監査部の舞羽さんが全力で対応してくれる。テンソーとムラ雲共に機構設計には修正箇所が何も無い。当然オーディオナビ一体機の組付けにも細心の注意を払うにせよ、後は弓削さんが責任を持って対応する筈だ。もうやる事が何も無いのである。

後に千鳥足に形状変更し、ナビ基板に実装されたＢtoＢコネクタを量産試作前に確認した。自分のアイディアで変更したものであり、事前にコネクタ部品の３Ｄデータも確認していた。だがナビ基板に実装された実物を見ると、それは今にも動き出しそうな摩訶不思議な生き物であるかの如く見えた。問題の端子側面のサイドフィレットも充分に形成され、はんだ付け強度にも安心感が伝わってきた。実際この千鳥足ＢtoＢコネクタは、追加の信頼性試験においても全く問題は生じず、流動後も一切不良で戻ってこなかった。舞羽さんの指摘どおり、不具合の真因はサイドフィレットだったのである。

このＢtoＢコネクタの問題では、私は格別な活躍をしたと思う。私と品質監査部の舞羽さんおよびムラ雲の弓削さんとのトライアングルが無ければ、決して解決には至らなかった。しかも決定的な解決策まで提案したのだ。だが残念ながら技術部内の誰からも褒められる事さえ無かった。さすがに不思議に思い、中立的な立場にある製品担当課の岸部課長に愚痴を溢した。

私「今回このＢtoＢの件で、僕は相ー当ー頑張ったと思うんだけど、だーれも褒めてくれんのだよ。それどころか回路グループの方からは『アイツが大騒ぎするから、基板のアートワークが修正になって、もう豪い目に遭った…』なんて、何だか恨み節みたいな声が聞こえてくるんですよ。俺は何か悪い事でもしたのかなあ…。一体どうなっとるんですかねえ。岸部さんは、どう思います…？」全く不可解な技術部だ。

岸部課長「この件について、鷹騒君は、まあー功労者なんじゃないない：」只々哀れみの表情だ。

恐らく大洞事業部長補辺りが、製造部へ権威をひけらかす絶好のチャンスとでも捉えたのだろう。浅はかにも組付けの所為と決め付け、ここぞとばかりに製造部に怒鳴り散らした後で、引っ込みが付かなかったやも知れない。だが当時の私には全く理解不能であった。しかもディスプレイ部隊に至っては、問題のディスプレイ製品をいつ直したかも知らない。当然直さざるを得なかっただろうが、感謝の言葉も無かった。エンジニア以前に人としても最低であった。そして結局、このB to B問題での活躍は、最後まで技術部の誰からも労いの言葉も無かった。

私としては、設計課長としてのマネージメントとエンジニアとしての閃きが最高潮に発揮され、解決に達したと理解している。各盤面で一手のミスも許されない詰め将棋の様な感覚だ。これを真似できる人物は、社内でも皆無であるという自負もあった。だがそれに対して何の反応も得られないのである。もう何が何だか分からないのが正直な印象であった。もしこの時、誰かが少しでも褒めてくれたなら、私の会社人生は、もう少し長く続けられたであろう。どんなに頑張ってエネルギーを放出しても、何処からもエンパワーされないのでは、心の燃料が尽きてしまうのだ。私は部下を一生懸命褒めたつもりであるが、自分自身は皆無であった。

一息吐く間もなく、同時期に勃発した2005年モデルの別の大問題に、忙殺されることになった。冒頭に述べたコアCPUの消費電力の問題だ。従来の3倍と伝えられていた消費電力が、さらに1・5倍に増大したのだ。理由はコアCPUを製造する半導体メーカーの歩留まりが悪く、製造プロセスを調整した…なる始末であった。要するに半導体メーカーの技術レベルが足りなかったのである。

この半導体メーカーは当時日本国内でも名立たる会社であったが、一度打合せに呼ばれ質問をしたが、全く話にもならず態度も非常に悪かった。お客に迷惑を掛けているにも拘わらず、開き直っているのを目の当たりにし…「日本の半導体はもうダメだな〜…」と、残念な感想を持ったものである。

そこで量産試作を目前に、即座に宣言を出した…「共通設計のCPUファンではもう限界です。各製品形態それぞれ個別で、追加の放熱対策をお願いします」と。専用ディスプレイ一体ナビ本体部はディスプレイ部隊ではあったが、誰も文句を言わなかった。当然だ!1オーディオナビ一体機と別体ナビECUの個別対策は、ナビ部隊で私が責任を持って行うのだ。

各製品形態での追加の放熱対策は明確に覚えているが、ここでは省く。詳細は、2007年モデルのディスプレイ一体ナビ本体部での先行開発に取って置くとしよう。本書には収録されていない開発室に異動した後の先行開発マネージャーとしてお話である。

即座に宣言を出したのには理由がある。問題が生じた際に一番悪いのは、一人で抱え込んでしまう状態だ。自分では対処しきれず手遅れになってから放り出す。これをやられると本当に困る。そうでなくとも前述の問題解決に見られるように、私は周囲の者達から「アイツに任せておけば、何とかするだろう…」と見られ勝ちであった。どういう勝算があるのか不明だが、そうなっていたのである。かつて量産流動後にどうしようも無い部品の担当を押し付けられ、豪い目に遭った経験もある。周囲の期待は有り難い。だが「俺にも出来ることと、出来んことがある!1」と言うのが口癖になっていた。

その上、出来ないことの判断も一瞬だ。以前に解決方法を考えているのは一瞬と述べたが、出来ない時には解決の道筋が全く閃かないのである。今回の場合は、全製品形態に搭載可能なサイズのＣＰＵファンでは既に最大限の放熱設計が完了しており、各製品形態での個別の解決方法しか想い浮かばなかったのである。

客先への変更報告にて愛社精神を自覚

オーディオナビ一体機と別体ナビＥＣＵの放熱対策に目処をつけた頃、室長に呼ばれた。
大谷室長「今度Ｂ to Ｂコネクタについて、トヨタマに変更申請に行くんだが…、鷹騒君、君も一緒に来い!1報告資料はもう出来てるから、君は来るだけでいいんだよ‥」**えー本当かよ!1**

私「でもＢtoＢの件は、実装部品であるコネクタ変更と基板のアートワーク修正だから、回路基板担当の茸市課長じゃないんですか？」これは正しい。現に機構設計は何も修正が無い。

大谷室長「いいから鷹騒君が来いよ!2品質監査部の舞羽課長も行くんだから!1」問答無用だ。

私「舞羽さんが行くんなら、まあ僕も行かんとダメかなあー」もう義理立てのみだ。

でも大谷さんの気持ちも分かる。茸市さんはちょっとお客さんの前には出せない人だ。自分の回路の都合だけで、製品の事情は全く考えていない。と言うか製品を全く知らないのだ。漸くここまで漕ぎ着けたＢtoＢコネクタ問題の対策をぶち壊されては堪らないので、誠に不請不請ながら承諾した。

変更申請の当日、普段は絶対付けないネクタイを引っ掛け、似合わない背広を着込んだ上で台与珠自動車に出張した。テンソーからは大谷室長と品質監査部の舞羽課長と私の３人のみ。ムラ雲からはメカ技術部の弓削課長とオーディオ回路基板リーダーに加え技術部の部長が出席した。どうやらムラ雲のトヨタマ出向者がアテンドする段取りであった。こういうところは、ムラ雲は実にしっかりしている。

事前にムラ雲の出向者が準備したトヨタマ面会所の会議室に集い、互いに変更申請の報告書の最終摺り合わせを行った。実はこの時初めて報告資料を見たが、30ページ以上に及ぶ一分の隙も無い完成度であった。私がコアCPU消費電力の大問題に忙殺されている間に、大谷室長とムラ雲の間で作成したのだ。だが凄いのは後半2／3のはんだ付け強度の検証資料だ。よくここまでの厳密な解析検証を用意したと思える内容である。舞羽課長の力作であるのは明白で疑う余地も無い。ムラ雲にとっても相当価値のある内容だ。しかもテンソーのノウハウ部分は微妙に省いてあり、これを見ても他社が再現するのは無理であろうと推察できた。しかも素人にはもう何が何だか解かるまい。

報告資料の摺り合わせが終わり、テンソーとムラ雲のどちらが報告するかとの話になった。結果は、オーディオナビ一体機ではムラ雲の設計分担であるとの理由で、大谷室長はムラ雲の部長に報告を譲った。ムラ雲の部長もBtoBコネクタを採用した経緯から、否とは言えず了承された。まあ細かい検証の話になれば舞羽課長の独壇場である為、ムラ雲に全体説明の役回りを譲った形であった。

ムラ雲の出向者のアテンドで、トヨタマ社内の奥深くまで案内された。場所は今まで入ったことも無い車両試験室の脇にある準備室であった。暫くすると奥からトヨタマの設計責任者が出てきた。我々サプライヤーが普段は御目に掛かれない方であることは、付いて来ただけの私でもすぐに判った。理由は少々オーラも感じられ、何より周囲のトヨタマの設計担当達の態度が全く違うのだ。役職以上に車両の電子機器セクションで、この方が全てを責任持って取り仕切っているのだと理解できた。

と同時にこの責任者が車両試験室まで出張っているとは、量産試作前で何か余程の問題が生じている事態も想像できた。それ故にこんな準備室での報告なのだ。それにしても量産試作前の一発勝負の大変更で、この責任者を捕まえて報告するとは、これは一体どういう事情なのか戦々恐々とした。

我々がおろおろしていると、トヨタマの担当者達が机を準備した。だが準備室の中の作業員用の簡易な事務机だ。椅子も全く足りなく、隣の部屋から古い折りたたみ椅子を提供された。お客様であるトヨタマの社員に椅子を運んで出してもらったのは、後にも先にも最初で最後の経験であった。しかしこれは我々への敬意ではない。この設計責任者の方のへの配慮なのだ。彼らにとっては、たとえサプライヤーであろうとも、この方と話をする相手に椅子も出さないのは失礼なのだと推察できた。

一人用よりも小さな簡易な事務机を挟んで、差し向かいにトヨタマの設計責任者とムラ雲の部長が向き合った。その後ろには弓削課長とオーディオ基板リーダー、さらに後ろにアテンドしたムラ雲の出向者が並んだ。我々テンソーの3人は座る場所が無く、差し向かいの事務机の横に並んで座った。奥のトヨタマの責任者の右手に大谷室長、真ん中に私、そして舞羽課長の順となった。まあ正しいが…、大谷さんは最上座でさぞかし居心地が悪かろう。私に至っては四角い事務机の真ん前で、正に大相撲で言うところの塩かぶりの席であった。

場面は刑事ドラマにある取調室かの如き状態である。犯人側にトヨタマの責任者、刑事さん側にムラ雲の部長、我々3人は隣の部屋からマジックミラー越しに観察する捜査員であるかの配置だ。だが我々の前にマジックミラーは無い。しかも今回の立場は犯人側が最も偉いのだ!1

この報告は不具合による量産試作直前の大変更である。通常ならば許される事態ではない。どう考えても重大犯罪の有罪確定の被告人である。普段は会う機会もないトヨタマ設計責任者を前に、3人は男のくせに膝を揃え、まるで貸し出された猫の如くしょぼくれて座っていた。さながら時代劇の御白洲の場で、御奉行様を前にした咎人の心境だ。今にも「面を上げい!1」と声が掛かりそうな神妙な空気が漂っていた。

俺は何でこんな所に座っとるんだろうと考えた。報告書大半の検証資料は舞羽さんの力作である。詳細に関する説明を求められた際、解説できるのは舞羽さんのみ。だが舞羽さんの解説はアカデミックで霊験あらたかだ。技術部でも詳細に話が通じるのは自分くらい。大谷さんが俺を連れてきたのは、トヨタマの責任者と話が擦れ違った際、間に入って通訳させる為かと、思わず勘繰ってしまった。

いよいよ設計変更の報告となった。ムラ雲の部長が変更申請の背景説明を行った。相手方の多忙さに配慮してか、実に解かりやすくシンプルな内容であり、その巧みさに感銘を受けた。

トヨタマ責任者「あのディスプレイのコネクタの件か。あの件はなー、うーん…、ここに図面があるよな。これ良い紙を使ってるよなー。確かケント紙って言うんだっけ…。これをだな…『トイレットペーパーと間違えて印刷して持って来ちゃった…』ていう話だと、僕は理解しているんだ…」確かに凄い認識だ。

ムラ雲部長「はい、それと同じものを我々のオーディオナビ一体機でも再び使用してしまい、量産試作直前ではありますが、変更申請をさせて頂きに参りました!1」いよいよ本題だ。

トヨタマ責任者「なに!1と言うことは、君たちはオーディオナビ一体機でもまた、この図面をトイレットペーパーに印刷して持って来ちゃった…ということなのか!2」面白い方だ。

ムラ雲部長「はい!1おっしゃるとおりです!2」だが当時の我々は、恐縮して聞いていた。

トヨタマ責任者「これ相手はテンソーの基板だろう。それを何でムラ雲が報告しとるんだ?」

ムラ雲部長「いえ、この報告はテンソーさんも共同で、今そこに控えてます…」我々も会釈。

完璧な報告書をパラパラとめくり、トヨタマの責任者は独り言のように呟いた。

トヨタマ責任者「確かに、これはテンソーの資料だなあー…」見ただけで判るんだ。各サプライヤーの報告資料は、一応トヨタマ流とは言え各社個性が出る。数々の経験をされ、様々な報告書を見てきたんだろう。舞羽さんの検証資料を一見するだけで違いが判るのだ。

トヨタマ責任者「だから!1何でこれを、ムラ雲が報告しとるんだ?!」確かに妙な話だ。

ムラ雲部長「いえ、実は今回、このBtoBコネクタはムラ雲が指定して使ってしまった経緯もあり、それでムラ雲が報告しております!1」テンソー責任を回避、大谷さんしてやったりだ。別にプレッシャーを掛けたつもりは無いが、我々3人を前にムラ雲の部長は内実を言わざるを得なかったのだ。実際真実ではあるが、全く安心して付き合える正直な会社だと感心した。

ムラ雲部長「このように、今回はテンソーさんの品質監査部にも見ていただき、こういう変更結果になりました!2」表紙の判子を見せつつ、テンソーの品質監査部お墨付きを強調した!1
トヨタマ責任者「なに!2テンソーの品質監査部まで出てきたのか!3それでこうなったのか!?」

テンソー品質監査部の権威は、トヨタマグループの中でも絶大だ。この方は判っているのだ。

トヨタマ責任者「と言うことは、我々トヨタマがDRをして、あーでも無い!1こーでも無い!1とあれこれ指摘しても、君たちもうこっから1㎜も動かんな!2」凄い!1本質を衝いてる。

ムラ雲部長「はい!1もう1㎜も動きません!2」素晴らしい受け答え、俺も見習わねば：

トヨタマ責任者「よし!1帰ってすぐやれ!2：てか、君たちもう走っとるんだな?!」その通り!1

ムラ雲部長「はい!1もう全速力で走っております!3」お客の許可も得ず、もう変更中なのだ。

トヨタマ責任者「判った!1やれ!1」量産試作に間に合わせる事情も理解されている。

ムラ雲部長「そこで申し訳無いんですが、トヨタマさんの評価をこれとこれだけ、やり直して頂きたいのです。評価サンプルは2週間後に提出致します…」量産試作を手作りで前倒しだ。

トヨタマ責任者「分かった。この評価はやってやる。ただしこれだけで本当に問題無いかは、この報告書を見て、トヨタマの中でもう一度検討する。いいか?!」この方はパーフェクトだ!1
ムラ雲部長「よろしくお願いします!3」我々一同全員が頭を下げた。もう完璧な報告だ。


　実は内心驚いた。この方が言われた通り、ここからトヨタマで大DRが開かれ、数々の指摘に対し説明する作業が発生するのだと覚悟していた。大谷さんもそう思っていたに違いない。だから製品の機構設計にも詳しい私を連れて来たのだ。回路周りは大谷さんが自分で対応する予定だっただろう。

　しかし結果は今回の報告だけで終わり。テンソー品質監査部の信用が絶大ではあるものの、正に驚きであった。だがトヨタマの設計責任者は判っているのだ。その設計内容に詳しくないトヨタマの担当達が、的外れな指摘をしても何の足しにもならない。逆に量産試作直前の大切な時期に、サプライヤーの設計者達を引き摺り回すのが問題だ。この方は自分の責任において全てを飲み込んでくれたのだ。

　このトヨタマの設計責任者の対応を見て、ZM向け専用ディスプレイのオーディオナビ一体機を思い出した。これは製造準備直前の不具合において、この私が葛城に対し下した判断と、その根源は全く同じではないか!1…やはりトヨタマでも設計の本質を理解したこういう方が、根っこのところで我々サプライヤーも含めた品質を支えているんだと感慨に耽った。

　話を戻そう。最後にこの責任者の方は、自らの経験談を述べて締め括った。

トヨタマ責任者「僕は昔…○□△×だったか…、インパネの強度が足りなくて、1年もするとオーディオの重量で、次第に隙間が空いてきてしまったんだ。実にみっともない状態になってしまうんだ。だがもう流動してしまった後なので、何にも出来なかったんだ…」

この方は昔から最前線で苦労されてきたようだ。そして最後に沁み沁みと大切な話をされた。

トヨタマ責任者「いいか君たち、一度市場に出してしまったら、後は何かあっても、只黙って見ているしか無いんだ!1分かるな!1………。よし、帰ってやれ!1」**私の心に重く沁みた。**

最後にこの方は何か言おうとして、言葉を飲み込んだ。場には何とも言えない余韻が残った。

　量産試作直前の変更申請の重圧から開放され、一気に疲れが出たのか?ムラ雲もテンソーも言葉少なに帰途に着いた。帰り際トヨタマのロビーで、大谷さんと舞羽さんに問い掛けた。

私「最後のあれ、我々を褒めてくれたんですかねえ～」**自分の意見に同意を求めた。**

大谷室長「あの人なりの表現なんだろうなあ～」**大谷さんの解釈は少し違うのか？**

だが確信している。トヨタマの設計責任者の方は、最後にこう言おうとしたのだ…「君たち、よく量産試作前に間に合わせてたな!1」なる、労いの言葉であったと思う。ディスプレイ製品はそれだけ大きな不具合であったのだ。でも量産試作直前に大変更してきたサプライヤーを、立場上褒める訳にもいかない。故に最後に言葉を飲み込み余韻を残してくれたのだ。それでもこの私には充分に伝わっていた。


トヨタマグループには実に多彩な会社が関わっている。品質問題が出ると、言い訳しながら泣き付いてくるサプライヤーも多かったと推察する。その中で今回は不具合による変更報告であるが、ムラ雲とテンソーは完全に遣り切って量産試作に間に合わせたのだ。トヨタマの責任者もそのことを実感しているから、最後の喩え話をしてくれたのだと思う。

その上テンソーは、自社だけで全部対策し勝手に報告してきた訳ではない。オーディオナビ一体機で協業するムラ雲の立場を充分慮って、共同で報告して来たのだ。しかもムラ雲の顔も立て、テンソーは完全に黒子に回っている。量産試作車両を前にして課題山積のトヨタマは、この件に関しては何もしなくても安心して任せられるのだ。お客さんの立場から見たならば、正に最良の結末であった。

この時に限っては：「テンソーって凄い会社だ!1格好良いなあー」と、誇らしくも思えた。恐らく形は異なれど先人達がずっと同じように努力してきた結果、テンソーは品質の面で一目置かれているのだと感じられた。普段は会社に対し不満ばかり表明している私にとり、これが最初で最後の愛社精神の自覚であった。そして自らもその一翼を担えたと誇りに思いたい。

その後の顛末と本章の総括

この後、量産に向けナビ機構設計課は、前述の放熱対策や量産直前のEMC対策に代表される数々の困難が生じた。余りにも多岐にわたるため、本書ではその詳細に関し割愛しよう。

前述した通り2005年モデルでも、新規の一体ナビ本体部の設計をしたディスプレイ機構設計課は、量産直前のEMC対策で多数のバネ部品を追加させられ散々な目に会った。同様にオーディオナビ一体機を設計するムラ雲メカ技術部も、量産直前にテンソーの理不尽なEMC対策に見舞われ、大変な目に会い心底驚いていた。今回のBtoB問題の対応で恩を売っていた背景もあり、私の方に苦情が寄せられる事態には至らなかったが、誠に申し訳なかった。

この件は、後のトヨタマ向け2007年モデルや、ZM向け2008年モデルの協業設計にも繋がっていく。だが余りにも長くなり話が拡散するので、この場はこの位にして後は省略しておこう。それぞれ問題個別の詳細は、私が開発室に異動した後のトピックに譲ろうと思う。本書には収録しきれなかったことをお詫びしたい。

この頃に車載ナビ技術部のナビ製品は、車両の装着率も向上して月産10万台を超えてきた。年間で見れば１００万台を優に超えている。共通の設計部分で不具合を出せば、ディーラーでの付け替え費用も含め単純計算で1台10万円として1千億円の損失である。会社全体の利益が吹っ飛んでしまう。保障期間内に10％故障しても１００億円だ。共通設計にしたコアＣＰＵの放熱設計は正にそれに当たる。対策したＢtoＢコネクタにしても、ナビ以外のディスプレイにも使用されており、採用製品の数は膨大だ。共通化を進める車載製品の設計とは、斯くの如き責任を常に負っているのだ。

それに対し過去ＤＲなどで関係部署から様々な疑義が差し挟まれてきた。だが私の機構屋の感覚からすれば、大体は思い付きの的外れな指摘が多い。設計者として不安を感じる正にそのど真ん中を射抜いてきたのは、舞羽さんのみである。私の会社人生において唯一無二の経験であった。

手前味噌ではあるが、この時点で私と舞羽さんのコンビは、テンソーの中でも最高ランクの設計検証力を発揮していたと自負している。加えて舞羽さんという人は、テンソー品質監査部を正に体現する人物であった。その上で数万人も在籍する会社の中でも、私の設計力に対して真の意味での理解者となった唯一のエンジニアなのだ。この人に出会えた運命の巡り合わせに心の底から感謝したい。

ティータイム２　同志へのささやかなる感謝

２００５年モデルにおける一連のドタバタが終息し、量産機構設計課から開発室に異動する数ヶ月前の出来事である。ある日の午後に何かの用事で部長席の前を横切った際である。部長席の前は、室の会議でもあるのか珍しく閑散としていた。そして小宮部長も立ち上がり、何処かへ向かう素振りであった。そんな部長から、不意に声を掛けられた。

小宮部長「鷹騒君!1品質監査部の舞羽君、彼は一体どうだった：？」不意の質問に驚いた。

前述の通りトヨタマ向け２００５年モデルでは、車載ナビ技術部に品質監査部から設計支援が入っていた。その中心人物である舞羽課長への対応を、最初に私に振ったのがこの小宮部長である。約1年にも及んだ舞羽課長の設計支援活動に対し、技術部の設計課長としての率直な感想を求められたのだと理解した。

実はこれには少々理由がある。小宮部長が設計課長で、私がまだ担当であった頃の経験だ。本書では述べることの無かった設計者時代のお話だ。独創的な1DINナビ製品における初めての量産設計で、その当時の品質監査部からも様々な御指導を受けた。だが浮世離れした人達からいろいろ口出しをされるばかりで、ろくな役にも立っていなかった。同じく本書では語ることが出来なかった専門家としての私が、設計者自身による測定評価の必要性に気付かされる契機ともなっている。

小宮さん自身の記憶でも、過去の品質監査部に対して全く良い印象は抱いていないだろう。もう10年も前の品質監査部による御指導の経験を共有する私である。車載ナビ技術部にとり、今回の品質監査部の設計支援が、本音の部分でどうであったか聞いておきたいのだろう。

それにこれから品質監査部との打合せでもあるに違いない。私の意見も一応参考にして対話したいに違いない。これはチャンスとばかり少々考え、慎重に言葉を選んで回答した。

私「テンソーにも：、あんなに凄い人が居るんですねぇ〜!1」これが最適な表現である。

小宮部長「そんなに凄かったのか：?!」**私の最大の賛辞を聞き、驚いた様子だ。**

仕事は出来るが文句ばかりの私が、誰かを褒めるのを聞いたのは、小宮さんも初めてだろう。

その驚きを逃さず、間髪を入れず理由の説明を続けた。

私「舞羽課長と言う人は、当然その技術力も凄いのですが、その立ち居振る舞いが素晴らしいんです。まず我々設計が気が付かない問題点を的確に指摘してくれるんですよ。だからと言って我々技術部に、ああしろ!1こうしろ!1と指示する訳では無いんです。設計の主導権は飽く迄も我々にあるんですよ。それで設計を直すと、持ち帰って技術部にはとてもじゃないが出来ないような検証をしてくれるんです。それで大丈夫ですとか、まだ足りないんですとか、助言をしてくれるんですよ。」

　部長でも御存知であろうＤＲでの主要な設計検証について、例を挙げて説明した。

私「コアＣＰＵのＢＧＡチップ接触放熱とか、例のＢtoＢコネクタ実装信頼性など、もし舞羽課長が設計支援に入ってくれなければ、２００５年モデルは恐らく全モデル全滅でしたよ!2」

小宮部長「そうだったのか…!?」**コアＣＰＵやＢtoＢの検証には、覚えがあるのだろう。**

　ここで組織人として舞羽課長にどう報いるべきか、咄嗟に考え言葉に代えた。

私「実はシミュレーション結果などを見ていると、社員番号が表示されてます。彼の社員番号は１０５…で、僕とほぼ同じなんですよ。お互い話した訳では無いですが、恐らく彼は僕とは同期です。でも昨年課長になったばかりと言っていました。あの人が僕よりも１年遅れているなんて…、僕は全く納得いきませんよ!2」**何を言い出すんだとばかり、部長は訝しんでいる。**

私「舞羽さん…あの人…あれだけアカデミックだと…、品質監査部でも周囲に理解されずに、恐らくちょっと浮いてるんじゃ無いですかねえ～!?」お前もそうだよな!?と部長は苦笑いだ。

そうして最後にこれが落ちだと言わんばかりに、部長にお願いした。

私「小宮さんは、舞羽課長にお礼を言う必要はありません。もう僕が何度もお礼を言いましたから。だから部長は彼の上司、彼の上ー司に!1お礼を言って下さい。ああいう人が品質監査部で正当に評価されないと、事業部の設計は困りますよ!1どうかよろしくお願いします!2」

小宮部長「鷹騒、分かった!1後は俺に任せておけ!3」相変わらず乗りが良いなあ～。

実際に後で気が付いたが、この時の部長は品質監査部との只の打合せではなかっただろう。わざわざこの私に声を掛け、本音の意見を求めたのだ。ということは、恐らくは品質監査部と役員レベルの会議を前にしていたと推察する。品質監査部の役員と車載ナビ事業部の木藤常務との会議にでも呼ばれていたのだろう。それ故に全てが終わったこんな時期になり、設計支援の真の実態を把握しておきたかった模様だ。当然そのぐらいは抜け目の無い人で、後は任せておけば良いのだ。

サラリーマンの世界では、本気で感謝を伝えようと思った場合、本人に伝えるのは二流だ。最も効果的なのは相手の上司に伝える事である。彼を評価をしているのは、彼の上司なのだから。私は機構屋の専門家でコテコテのエンジニアであるが、この程度は心得ている。いわんや部長なら尚更だろう。

3章をご覧になった方はもうお分かりであろう。コアCPUの実装信頼性は言うに及ばず、BtoBコネクタ不具合の再発防止に関しては、正に舞羽課長のお手柄である。技術部ではとても真似の出来ない設計検証も然る事ながら、技術部の設計を動かしたその真摯な姿勢はやはり賞賛に値する。

特にBtoBコネクタの不具合再発については、私が相談を持ち掛けた際の状況が決定的に物語っている。もしあの時、不具合の真因を記した説明資料が、舞羽さんが持って歩く書類入れから出てこなければ…「明日にでも資料を持ってきますわ〜」などと言われていたら…、私もあれ程までになり振り構わず行動していないだろう。その結果として、針の糸を通すかの如く最短コースで根本対策を完遂している。そしてギリギリのタイミングで量産試作に間に合い、客先に対しても事無きを得たのだ。

全ては舞羽さんの不具合の原因を追究する執念に起因したとも言える。実際に品質監査部が全社展開までした不具合原因とも矛盾する真因である。しかも技術部の盆暗役職者にも、不問に付されていたのだろう。目に見えないお偉いさんからプレッシャーも感じたやも知れない。

それでも諦めず、自らが信ずる不具合の真因の説明資料を持って歩いていたのである。正しくテンソー品質監査部の鏡だ。それ故に不具合の原因を疑うこの私と見事に共鳴したのである。

2005年モデルのオーディオナビ一体機は汎用機だ。車両台数が伸びる中級車向けに設定されている。高級車の専用ディスプレイとは流動台数の桁が異なる。月産2万台強としても、年間約25万台を超える。それが保障期間内に20％不良になれば、1台10万円で50億円の損失である。それをリカバリーする為の対応工数も尋常ではない。黒字化に腐心する車載ナビ事業部の利益は、もう確実に吹き飛んでしまう。関係者のサラリーマン人生は終わるだろうし、基本有り得ない事態である。真因を隠蔽していたディスプレイ部隊の責任者は、私の基準で言えば礫獄門に処するべきだろう。

このように想像を巡らせれば、舞羽さんは果たした役割は極めて重要だ。この件だけでも、彼は自らの生涯賃金の10倍は会社に貢献したといっても過言ではない。車載ナビ技術部としても、部長以下感謝しきれない筈である。部長に語った称賛の言葉も、決して大げさではない。願わくはくれぐれもこの感謝の念が、舞羽さんの評価向上に資する展開を祈るばかりである。

後書き　我がエンジニア人生を上梓するに添えて

これは地方の自動車部品メーカーにて、車載ナビゲーションの設計開発に携わったエンジニアの物語である。車載ナビの草創期である1993年～2008年までの約15年間、設計者、専門家、そしてマネージャーとしての経験から創作したフィクションである。中でも本書は、主に量産設計マネージャーとして活動した成功体験を題材としている。車載製品としての設計品質を確保するため、数々の危機的状況を突破するべく、組織人として些か危ない橋も渡っている。主人公の私が正しいと信ずる行動を貫きつつ、その際のエンジニアの心の動きを忌憚無く綴ったお話である。

当時の車載ナビ製品は、高級車のアクセサリーからミドルクラスの中級車にも裾野を広げ、装着率が確実に向上しつつあった時代である。当然の如くナビ製品の生産台数は、爆発的に増大していた。それと並行して、デジタル化の進展に伴いオーディオも含めた製品形態が、大きく進化する発展途上である。結果として製品の構成およびサイズが変貌を遂げながら、毎モデル新機能が搭載される。時代に即した商品性を進化させるべく、当時の最新技術を常に取り込みつつ、機能性能の向上が必須の開発製品であった。

対する我々設計部隊は、急激な組織拡大に伴う圧倒的な人材不足である。生煮えの新技術の量産投入を余儀なくされ、爆発的な生産台数の増加に対し品質の確保に奔走しているのが実態である。私が生業とした機構設計でも、常に未知の新技術への対応と製品形態の変化を迫られ続けた。協業していたオーディオ各社も含め、それはもう七転八倒の事態であった。

多忙を極める中、様々な問題が勃発する。特に品質に関する問題は致命的だ。それをリカバリーする為に貴重な設計工数を奪われ、次期モデルの設計に再び不具合の芽を造り込む。正に悪循環であった。だが当時の大多数の役職者達は、それを「仕方が無い」と諦めていた。困難な課題から目を背け、自分以外の相手に責任転嫁する。BtoBコネクタ重大不具合の事例からも明らかであろう。正にエンジニアとしての技量以前の問題である。

対して私というエンジニアは、常に「何とかするぞ!8」という強い意志を抱き続けていた。主人公である機構屋の私が提案している内容は、技術的には実にシンプルである。本文中の詳細な描写を丹念に思い描いてくれた方々には、ご理解いただけるであろう。だがしかし各局面で、真っ先に回答に辿り着けていたのは私だけなのだ。その根底にあるのは、自らの技量に誇りを持ち、何とか突破口を見出せないかと諦めず考えを巡らせているエンジニア魂だと思う。正にそれこそが本書で示した様々な課題に対し、主人公の私が活躍できている真の理由なのではなかろうか？

各エピソードでは成功体験をフィクションに仕上げた弊害か、読者の方々には主人公の私が余裕綽々に映るやも知れない。まるでスーパーエンジニアの如く活躍しているかに感じられる方々も居られるだろう。だが現実における私の胸中は、全く異なる。各局面で問題が発生した瞬間には、その解決への道筋も見通せぬ中、常に納期に迫られた状態で活動している。実態としては、会社の為とは言え上司の意向に逆らい、流動直前の緊急設計変更に追われ、文化異なるコンペチタとの協業に迫られる傍ら、全社的な重大不具合の再発に奔走している。現実世界での私は、言うなればチーターに追われた小さなガゼルの如く、最早絶体絶命の状態に見舞われているに等しい。正に泡を吹きつつ目を剥いて、涙と鼻汁を飛ばしながら全速力×1．2倍で遁走している心境なのだ。……

特に本編で示した私は、量産設計エンジニアとして設計品質向上に邁進している。常に製品に向き合い最前線で奮闘している。そんなギリギリの状況でふと自らの傍らに目を向けると、極少数ではあるが、同じ目的に向かい協調して事に当る協力者達に気が付く。正に生死を共にする戦友、同志と言っても過言ではない。彼らの助け無くしては、決して成し遂げる事などは叶わなかった。それ故に解決に至った際の感動が、もう途轍もなく大きく心に刻まれたのだ。だからこそ協力してくれた仲間に対し、感謝の念が尽きない。

本書は、そんな中で量産設計課長をしていた頃の経験を題材に綴ったお話である。設計トラブルや品質問題に奔走し、常にギリギリ紙一重で活動した生の姿を如実に物語る事が出来たと自負している。前書きでもお勧めした通り主人公の目線で味わってくれた読者には、各盤面での私の焦燥感や憤りも理解いただけたのではないだろうか？そうして当時の設計現場の実態について、読者の方々にその匂いの一端でも感じ取ってもらえたなら幸いである。一般の読者の方々がどの様な感想を持たれるかは、私の想像の範疇を超えている。だがエンジニアを目指す若者に、何がしかの想いが伝わってくれれば至上の喜びである。

技術革新が進み日々環境が変化する昨今、若い社会人の皆さんは今後とも様々な問題に出くわすだろう。困難な課題に直面した際に、如何にしてそれを克服するか？それには先ず、人間としてのしなやかさが大切であると、私は考える。まあ本書における私の場合は、エンジニアとして揺ぎ無い信念と各盤面における臨機応変さ、とでも言い換えるのが相応しいのだろう。そして本書に共感を抱いてくれた読者の皆さんの場合は、果たしてどうであろうか？これを機会に皆さん自身も自らの強みを見詰め直し、再発掘してみるのも有意義なのではなかろうか。本編のエピソードも参考にしてもらえたら、誠に嬉しい限りである。

草稿レベルではあるが、本書とは別の物語も概ね書き上げている。私が設計担当であった頃の設計者編、開発室での次期モデルの先行開発マネージャー編、私が得意とする専門分野での活動を切り出した専門家編、そして退職を決意するに至った終章が存在する。

設計者編には、私が事業部の量産設計に携わった頃からの担当者としての経験を題材に綴っている。内製の機構設計だけで無く、車載ナビ専用の主要購入部品の担当としてのトピックも記載した。加えて私が機構設計を選択するに至った経緯も明らかにされている。本書に記した少々危ない橋を平気で渡ってしまう量産設計マネージャーになってしまった経緯も、理解して納得いただけるだろう。

先行開発マネージャー編には、私が量産設計から開発室に異動した後の活動を題材とした。泥臭い後追いの量産設計からは開放され、製品開発の構想段階から自らの手を加えた経験だ。少数精鋭の部下にも恵まれ、機構設計者および専門家として最も充実し活動した時期である。だがその反面、終章に記載した苦い経験もあり、そして最後は序章に記した人生最期の大会議に繋がる契機となる。

専門家編には、私が事業部の第一人者?と目されていた専門分野での活動を題材としたお話である。音振動関連の専門家として、一人で米国に飛ばされた件や、無理解な上司の目を誤魔化してCAE解析技術の開拓に邁進してしまった件など、本流の量産設計とは些か趣の異なる話題で盛りだくさんだ。個人的には車載製品のトラブルシューティングに関するノウハウや、車載電子機器における機構設計の要諦など、拙いながらも地に足の着いたエンジニアリングとしての価値が最も高いと考えている。

終章は、まあエンジニアとしての職を辞した本当の理由の如きものだ。サラリーマンとして事切れてしまった事件も含まれている。あまり書くべきではなかったが、一応最後の締め括りとした。

何れの物語も一般の読者の方々に感動いただけるかは未知数である。だがエンジニアとしての強い想い、現場で体得したノウハウ、開発設計の根本的な考え方について、私としても力の限り織り込んだ物語にしている。それ故にエンジニアおよびそれを目指す若者には、何がしかの参考にしていただけると信じたい。

本書を刊行した時点で、これらが読者の皆さんの目に触れる段階にまで進めるかは未定だ。と言うよりも、ぶっちゃけ本書の反響次第であろう。であるから読者の方々、中でも特にエンジニアの方々には、何卒ご声援を賜りたいと切に願う次第である。私一人の成功物語として、棺桶まで持って逝くのは、如何にも勿体無いと感じる今日この頃である。

最後に人生で初めて上梓するに当たり、出版には全く疎い素人の私とお付き合いいただいた編集の小野さん松枝さんには、随分お世話になった。改稿提案書は私の書き込みで真っ黒だ。それに先立ち最初に草稿を提示した際、右も左も分からないこの私を契約にまで導いてくれた企画部の田中さんには、この場を借りて感謝の気持ちを残したい。

著者紹介

鷹騒加州雄（たかさわぎ かすお）

一九六四年名古屋生まれ。名古屋市立北高校から、大阪府立大学工学部航空工学科を卒業。車載電装品の総合部品メーカに就職。サスペンション制御開発を経て、草創期から約十五年間ナビゲーション設計開発に砕身。故あって四十五歳を契機に早期リタイア。有ろう事か十三年寝太郎を謳歌した後、何やら止め処ない想いが湧き出ずる。正に行雲流水の如く、現役時代に得た数々の成功体験に関し、実務ノウハウも織り込みエピソード化。今般その前半を本書にて上梓。大学では主に、材料力学、構造力学、流体力学、システム工学、熱力学、伝熱工学、振動工学、制御工学を履修。専攻は制御工学。機械系ではあるが、ハードもソフトもエレキもメカも全て把握すれば、最適なシステム制御が完遂出来ると確信。回路設計やソフトウエアも学生時代から独学。若い頃からあらゆる分野をこなせるオールマイティーなエンジニアを志す。

幻冬舎ルネッサンス新書 266

エンジニアの突破力《とっぱりょく》
実務《じつむ》の最前線《さいぜんせん》で重大局面《じゅうだいきょくめん》を打開《だかい》に導《みちび》く極意《ごくい》

2024年8月9日　第1刷発行

著　者　　鷹騒加州雄
発行人　　久保田貴幸

発行元　　株式会社 幻冬舎メディアコンサルティング
〒151-0051　東京都渋谷区千駄ヶ谷4-9-7
電話　03-5411-6440（編集）

発売元　　株式会社 幻冬舎
〒151-0051　東京都渋谷区千駄ヶ谷4-9-7
電話　03-5411-6222（営業）

ブックデザイン　田島照久
印刷・製本　中央精版印刷株式会社

検印廃止

ISBN978-4-344-69143-8 C0295
幻冬舎メディアコンサルティングＨＰ
https://www.gentosha-mc.com/